男子だと思っていた
幼馴染との新婚生活が
うまくいきすぎる件
について 3
はむばね
Illust. Parum

「ふーっ、こうしてるとちょっと涼しーっ」
ただでさえ
短いシャツの裾を
パタパタさせているせいで、
チラチラとおへそが……
なんて考えていると。
「んふっ」
唯華が、ニンマリと笑った。
「見たいの？」

「こちら、
カップル限定ジュースでーす！
それでは撮影しまーすっ」
烏丸唯華
Yuika Karasuma
秀一の親友で幼馴染。
幼少時代は
男子のふりをしていた

俺は、唯華と一つ頷き合って
ストローに口を近づけていく。
なーに、この程度なんてことはない。
俺はこれまでに、
もっと大きな試練を乗り越えてきたいや近い近い近い可愛い美しい！
近衛秀一
Shuiti Konoe
高校三年生。名家の長男で、
家を継ぐためのお見合いの場で
唯華と再会。そのまま結婚へ

「新婦唯華、あなたは秀一を夫とし、
その命ある限り真心を
尽くすことを誓いますか？」
「はい、
誓います」

「いらっしゃいませぇ♡」
「らっしゃっせー」
烏丸華音
Kanon Karasuma
唯華の妹。
秀一に対し熱烈な
アプローチを
繰り返す
近衛一葉
Kazuha Konoe
秀一の妹。
クールに見えて、
実は妄想が激しく……？

男子だと思っていた幼馴染との新婚生活がうまくいきすぎる件について3

はむばね

角川スニーカー文庫

23446

CONTENTS

口絵・本文イラスト Parum
デザイン たにごめかぶと（ムシカゴグラフィクス）

プロローグ

「入れるぞ……いいか？」

「うん……いつでもいいよ」

そっと頷《うなず》き合って、俺たちは……。

「タコ、投入！」

「じゃあ私は、イカ入れちゃおっと！」

たこ焼き器で熱された生地に、具材を投入していく。

「続いて、チーズ！」

「あっ、それも美味《おい》しそーっ！　じゃあ私は、キムチっ」

「いいねぇ。次、塩昆布」

「塩っ……!?　えっ、急に王道外れた感じがするけど大丈夫なのそれ……？」

「どんどんいくぞー、納豆、梅干し、チョコレート、そしてマシュマロ、っと」

「ホントに大丈夫なの……!?」

「まぁまぁ、食べてからのお楽しみだって」

本日、俺たちは自宅にて二人きりのたこ焼きパーティーを開催していた。

ふとした会話から唯華《ゆいか》が家でたこ焼きをやったことがないという話になり、それならやってみようぜってことで実家《ウチ》から機材を借りてきた次第だ。

「わーっ、秀《しゅう》くんひっくり返すの上手だねーっ」

「実家にいた頃、割とよくやってたからな」

「ねねっ、私もやってみていいっ？」

「勿論《もちろん》。こう、ドアノブを返すみたいにグイッと手首を返すのがコツだよ」

「オッケー……ほいっと！」

「おぉっ、上手《うま》い上手いっ！」

「えへへ、初めてにしては上出来じゃないっ？」

「ホント、初めてとは思えないよ」

なんて言いながら、焼いていって。

『完成っ！』

程なく、良い焼色の付いたたこ焼きが出来上がった。

『いただきまーすっ』

いつも通り重なる俺たちの声は、いつもより少し弾んだ調子。

「はふはふっ……！　あっふい……！　けど、美味しーっ！」

「はふっ……やっぱ、熱々でいくのが醍醐味《だいごみ》だよなっ」

ほふほふ言いながら、色んな具材のたこ焼きを楽しんでいく。

「んーっ、チーズのトロッと感が良い感じっ。絶妙な塩気も良い仕事してる〜っ」

「チーズもいいけど、キムチって炭水化物のベストパートナー候補の一つだよな……」

「あっ、こっちはキムチとチーズ両方入ってる！　言うまでもなく、相性バッグン！」

「うん、やっぱ塩昆布も良いな。唯華も食べてみ？」

「えーっ、本当かなーっ？　私をからかうための仕込みじゃないのーっ？」

「唯華じゃあるまいし……ほら、ポン酢でどうぞ」

「どれどれ……わっ、ホントだ美味しーっ！　昆布の旨味《うまみ》と塩気がめっちゃ効いてる！」

「だろ？」

「チョコとかマシュマロも、ちょっとしたデザート感があって良いね〜っ」

どれも美味しくて、俺たちは笑顔で次々たこ焼きを頬張《ほおば》っていた。

「はーっ、喉渇いてきたーっ」

「勿論、こっちも用意してるぜ？」

と、俺は冷蔵庫に用意していた飲み物を取り出す。

「今欲しいのは、これ……だろ？」

「イェスッ！」

『ラムネっ！』

俺が持つ瓶入りのラムネを、唯華は今日イチの笑顔で指差した。

「なーんか私、たこ焼きっていえばラムネのイメージがあるけど……なんでだろ？」

「どっちも、お祭りでの定番だからじゃないか？」

「あーっ！　それだっ！」

二人で、熱々のたこ焼きを食べてはラムネで喉を潤していく中で……ふと。

「色々食べた後でシンプルなタコのやつを食べると、一周回ってやっぱなんだかんだこれだよねーってなるよねーっ」

「やっぱ、最後に辿《たど》り着くのは王道だよな」

俺の視線はついつい、幸せそうにたこ焼きを頬張る唯華の顔に引き寄せられる。

♥　♥　♥

「……？」

たこ焼きをあちあち言いながらも次々頬張っていた私は、ふと。

秀くんが食べる手を止めて、こっちを見てることに気付いた。

なんかすっごくニコニコしてるけど……なんだろう？

「そんなにジッと見られると、ちょっと食べづらいんですけどー？」

「ん？　あぁ、ごめんごめん。あんまり美味しそうに食べるもんだから、つい」

「それはまぁねー。たこ焼き、こないだのお祭りで食べるの忘れてたなーって思い出してさー。十年ぶりに食べるたこ焼きは、やっぱり美味しいよねー」

「気に入ってもらえたならよかったよ」

そんな会話を交わす中で……私は、ちょっと内心考えていることがあった。

あれ……？　もしかして私、食べ過ぎちゃってる……？

今まであんまり気にしたことなかったけど、私って女子の中では結構食べる方だし……ていうか、ぶっちゃけいつも秀くんと同じくらい食べてるし……ワンチャン、食い意地の張った女とか思われちゃってる可能性がなきにしもあらず……？

ちょ、ちょっと探りを入れてみよう……！

「秀くんは、いっぱい食べる女の子……好き？」

「うん？　んー……」

考えたことなかったのか、秀くんはちょっと思案している様子。

「そうだな、好きだよ」

けれど、小さく笑ってそう言ってくれた。

よし、セーフ！　秀くんは、美味しそうに食べてる女の子を可愛《かわい》く思うタイプ……。

「……いや、ちょっと違うかも」

えっ、やっぱり違うの⁉　と、内心のショックをどうにか表に出さないよう苦心している私を見て、秀くんは……微笑《ほほえ》みを、深めた。

「いっぱい食べる唯華を見るのが好き、なのかな？」

んんっ……！　ちょっと、いきなりときめかせるのやめて……⁉　最近、表情筋が酷使され過ぎてるから……！　でも、嬉《うれ》しいからホントにはやめないで……！

「唯華と食べると、一人で食べるよりずっと美味しく感じるよ」

あぁもう……！　サラッと言ってるけど……ホント、そういうとこだよっ⁉

「んふっ、そんなこと言ってー？　他のコにも同じこと言ってたりしてー？」

これは勿論、照れを隠すための冗談だけど、

「言わないよ」

秀くんは、微笑んだまま。

「唯華にしか、言わない」

真《ま》っ直《す》ぐ見つめながら、そう言ってくれる。

「んふふっ……じゃあ秀くんに美味しく食べてもらうためには、私がいーっぱい美味しく食べちゃわないとだねー？」

「あぁ、是非ともそうしてくれ」

緩みきりそうな表情をどうにか微笑みの範疇《はんちゅう》に留《とど》めて返しながら。

そっと胸を押さえて、考える。

ねぇ、秀くん。

私だけが特別、みたいに言ってくれるその言葉。

それは私が、秀くんの『親友』だから？

それとも……少しは、別の意味を。

期待しても、いいのかな？

第1章　二学期が始まっても

色々あった……本当に『色々』あった新婚旅行も終えて、数日。

「今日からいよいよ学校、だねっ」

「楽しそうだな？」

夏休み明け初日の、唯華《ゆいか》は朝からちょっとテンション高めに見えた。

俺の方は、流石《さすが》に若干のダルさを感じてるんだけど……。

「だって、二学期は楽しいイベント沢山あるでしょ？　文化祭に体育祭に、修学旅行っ」

「それは、確かにな」

ウチの学校は、三年生にも割とガッツリめにイベントが組み込まれている。

この程度の息抜きで受験がどうこうならないくらい普段から積み重ねてるよなぁ？　という学校からのプレッシャーか……あるいは、内部進学を促すための施策なのか。

いずれにせよ、元々内部進学組の俺には関係ない。尤《もっと》も、だからといってイベント事を楽しむようなこともなかったんだけど……去年までは。

「楽しみ、だねっ」

微笑んでくる唯華に、迷わず頷くことが出来た。

唯華が隣にいてくれるなら……最高の『親友』と一緒なら、どんな行事だって最高に楽しいに決まってるんだから。

「それはそうと、高橋《たかはし》さんと瑛太《えいた》って夏休みの課題大丈夫だったのかな？」

「あっ……早めに確認しとこうと思ってたのに、忘れてたな……」

「んふっ……夏休みが、楽しすぎて？」

「……だな」

皆での旅行に、二人での旅行。他にも、今年の夏休みは楽しいことばかりだったから……すっかり夢中になってしまっていた。

「まぁ、何も言ってこなかったってことは問題なかったんだろ」

「だといいけどー？」

「一応聞くけど……そう言う唯華は、ちゃんと終わってるんだよな？」

「もっちろん！　旅行の前には終わってたよー」

「流石だな」

最初期にまとめて片付けた俺と一緒にずっと遊んでたはずなのに、いつの間に……。

「だって……新婚旅行に心配事なんて、持ち込むわけにはいかないもんねっ？」

「……だな」

なんて言いながら朝食の準備を進めているうちに、ふと。

「ねっ、文化祭ってウチはどんな感じなの？」

「生徒の自主性任せな部分が大きいけど、割と力を入れてる方なんじゃないかな？」

「へーっ、楽しみっ。何食べよっかなーっ」

「まずは食い気なところが唯華らしいよな……」

「ふふっ、ちゃーんとステージも楽しむよっ」

「そういえば、高橋さんは友達と有志のバンドで出るんだっけ？」

「そーそーっ！　絶対見に行かないとっ」

「高橋さん、カラオケでも上手《うま》かったし……楽しみだな」

さっきまで感じていたダルさなんて、いつの間にか吹き飛んでいて。

俺まで、なんだかワクワクした気分になっていることに気付くのだった。

♠　♠　♠

そして、いつも通り別々に登校して。

「唯華さん、ヘールプ！」

「おぐふっ……!?　来るとわかっていても毎度新鮮なこの衝撃……！」

俺より少しだけ先に教室に着いていたらしい唯華が、高橋陽菜《ひな》さんからタックルを食らっているお馴染《なじ》みの光景を微笑ましく見守る……が、しかし。

「秀《しゅう》ちゃん、ヘールプッ！」

「ごはっ……!?」

今度は、俺の腹部に衝撃が。後ろに倒れないようどうにか踏ん張ったけど、その勢いにズザザザザッと廊下まで押し出されてしまった。

「おまっ……！　お前がやるとシャレにならんだろこれは！」

犯人、竹内《たけうち》瑛太に向けて思わず叫ぶ。チャラい優男に見えて名門道場生まれの格闘技ガチ勢であり、マジのタックルはマジでシャレにならない。

「ふっ……これで倒れないとは、流石は秀ちゃんだねっ」

「そういうのはいいから、犯行動機を供述しろ……！」

「今回はオレも、お願いする前に陽菜ちゃんスタイルで好感度稼いどこうと思ってねぇ」

「これで好感度が稼げないことは知ってるだろ……！」

「えっ!?　これ、好感度稼げてなかったんですか!?」

「うん、まぁ……うん……」

教室内から、俺の言葉に反応したらしい高橋さんの驚きの声と、唯華のちょっと困った声が聞こえてくる。唯華の半笑いが目に浮かぶようだ。

「ま、冗談はさておき？」

「冗談でダメージコンテストを開催しないでほしいんだが……」

「秀ちゃん、夏休みの宿題をちょこっとだけ手伝ってくんないかなっ？」

「マジで終わってないの⁉」

パンッと両手を合わせて頭を下げてくる瑛太に、思わず目を見開いてしまった。

なお、教室内からは高橋さんと唯華によるほぼ同じやり取りが聞こえてきている。

「まさか、高三にもなって夏休みの課題間に合わない奴《やつ》がいるとは……」

「おっと秀ちゃん、そいつはちょっと違うよんっ？」

チッチッチッと指を振りながら、瑛太はなぜかしたり顔である。

「宿題の提出は、各教科の最初の授業。つまり……オレはまだ、間に合ってなくない！」

「夏休みいっぱいが期限とされている宿題なんだが……」

「まぁまぁ、そう言わずに頼んます！　あとは秀ちゃんにわかんないとこ聞くだけのとこまでは仕上げてきてあるから！」

「そこまで出来るのなら、普通に夏休み中に聞いてほしかったんだが……」

「でもさ」

そこで瑛太は声を潜め、俺の耳元に口を寄せてくる。

「夏休み中は、せっかくだし唯華ちゃんと二人で過ごしたかった……でしょ？」

「んんっ……！」

なるほど、そういうお気遣いだったか……！

「そういうことだったなら……謹んで手伝わせていただきます」

「センキュー心の友！　今度奢《おご》るよっ！」

「いらんいらん。よく考えたら、溜《た》まってる借りを返すちょうどいい機会だ」

「おりょ？　オレ、秀ちゃんに何か貸してたっけ？」

「そういうとこだよ」

瑛太には唯華のボディガードをやってもらっているのに加え、俺たちの婚姻関係を隠すのに色々とフォローしてもらっている。それを思えば、この程度は些事《さじ》だ。

「……ちなみに、もしかして高橋さんもそういうお気遣いで？」

高橋さんも、俺たちの関係にもう気付いているんだろうか？

実際、彼女には割と際どい場面を見られてしまったりもしているし……。

「や、陽菜ちゃんの場合は普通に遊びすぎで間に合わなかったってさ」

「あ、はい……」

そういうわけではなかったみたい。

♠　♠　♠

休み時間ごとにモリモリ課題を片付け、昼休み。

「だいぶ目処《めど》も立ってきたな」

「ふっ……キッチリ全教科の初授業のスケジュールを計算した上で、秀ちゃんのお力添えがあればギリ間に合うよう立ててる計画だからね」

「その几帳面《きちようめん》さを、もう少しだけ別の方に向けることは出来ないものなんだろうか……」

なんて、瑛太と益体もない会話を交わしていたところ。教室の戸が勢いよく開く音が耳に入ってくる。とはいえ、今は昼休み。珍しいことでも何でも……。

「あっ、いたいた！　秀一《しゆういち》センパーイっ！」

俺は部活にも所属しておらず、俺を『先輩』呼びで……まして、ファーストネームで呼んでくる後輩など存在しない……はず、だった。けど、今の声は……と、目を向けると。

「来ちゃった♡」

果たしてそこにいたのは唯華の妹、烏丸華音《からすまかのん》ちゃんだった。

確かに、二学期からウチの学校に転入してくるとは聞いてたけど……。

「華音⁉　何しに来たの⁉」

「やっほー、お姉。ここの制服、可愛《かわい》くていいよねーっ」

目を見開く唯華に対して、その場でクルンと回る華音ちゃんのズレた返答。

「烏丸さんの妹……？」

「そういや確かに似てるな……」

「デカい……おっぱ、いや、あの堂々とした態度、人としての器が……」

「秀一先輩って……近衛《このえ》くんのこと、だよな……？」

「どういう関係なんだ……？」

「デカい……」

と、教室がザワつく中。

「どもども！　唯華お姉の妹、烏丸華音です！　本日は、お姉のクラスの皆さんにご挨拶に参りましたっ！　よろしくお見知りおきいただけますと嬉《うれ》しいでーすっ！」

華音ちゃんは、横ピースを目のところに持ってきて堂々と挨拶する。

「ちょっ……！　皆、お騒がせしてゴメンねーっ！」

そんな華音ちゃんに、唯華が慌てて駆け寄っていく。

「えーっ……と。とりあえず、こっち来なさいっ！」

「ほいほーい」

一瞬迷うような表情を見せた後、唯華は俺たちの方に華音ちゃんを引っ張ってくる。入り口の前に陣取っているよりはマシ、と判断したようだ。

「そこ、座ってっ」

「はーい」

空いた椅子を指差す唯華の指示に従い、華音ちゃんは腰を下ろす……けども。

「ちょぉい、華音⁉　どこに座ってんの⁉」

華音ちゃんが座ったのは……俺の、膝の上だった。

「あっ……！　ごっめんなさーい！　間違えちゃいましたっ♡」

「……間違えたなら、仕方ないね」

「でもでも、ここってなんだかとっても座り心地がいいなーっ。だから……このままでお話し続けても、いいですかっ？」

「ウチのクラスで変なサービスを利用してるとか噂《うわさ》が立ちかねないから、やめてね」

「ところで、『センパイ』って響き……なんだか、ちょっとエッチだと思いませんかっ？

ねっ……秀一センパイっ？」

「俺は特にそういう感じ方をしたことはないかな」

俺の首元に腕を回してくる華音ちゃんに、粛々と返す。

「すげぇな近衛くん、あの状態で一切の動揺を見せないこととかあるのか……⁉」

「あしらい慣れてる感じ……？」

「だとしても、あの『圧』を目前にあんな無反応でいられるものなのか……⁉」

「てか、普通に恋人なんじゃない……？」

……いかんな、このままじゃあらぬ誤解が広まってしまいそうだ。

流石《さすが》に、強行的な手段に出るべきか……と、逡巡《しゅんじゅん》していたところ。

「はいっ、終わり終わり！　華音、初対面の先輩相手に失礼ぶちかまさないのっ！」

『初対面でその距離感……⁉』

唯華が一言フォローを入れながら俺から華音ちゃんを引き剝がすと、今日イチで教室内がザワついた。まぁ、俺も逆の立場だったらそう思う。

「はーいっ。すみませんでしたっ、秀一センパイっ！」

「……間違いは、誰にでもあるからね」

この流れで俺が何を言っても悪手になりそうで、そう言うに留《とど》めておく。

「ていうか、初対面……？　近衛くんって、自己紹介とかしてないよな……？」

「出会って即一秒で膝の上だったからな……」

「でも、最初からずっと『秀一センパイ』って呼んでるよね……？」

「いやぁ、それがですねっ」

ヒソヒソ話していたクラスメイトの一人……クラス委員の白鳥《しらとり》さんへと華音ちゃんが急に話しかけ、白鳥さんがちょっとビクッとなった。

「私、こちらの瑛太センパイとはちょっとした幼馴染《おさななじみ》？　腐れ縁？　みたいなカンケーでしてっ。たまーに連絡取ったり取らなかったりなんですけどっ？」

「あ、はぁ……」

まぁ、これ自体は嘘《うそ》じゃないよな。瑛太の家と唯華たちの家は、昔からの付き合いらしいし……ただ、何の話なのかは白鳥さん同様俺もわからない。

「瑛太センパイが『ウチのクラスに近衛秀一っていう、オレの次にイケメンな男がいるから見に来なよ』とか言うんでっ？　それもあって、本日お邪魔した次第なんですよーっ」

「あ、はは……そういえばオレ、言った……かなー？　そんなことも……」

咄嗟《とっさ》に話を合わせたらしい瑛太だけど、流石に頰《ほお》がちょっとヒクついていた。

「あの、でも、さっき一目で近衛くんのこと見つけてたような……？」

「聞いてた特徴と完璧合致してたんで、ラクショーでしたっ」

「そうなんだ……」

言い切る華音ちゃんに、白鳥さんもちょっと微妙な表情ながらも一応納得したようだ。

「てかてか、瑛太センパイっ。オレの次にイケメン、とか大嘘じゃないですかーっ」

「え？　そ、そうかな……？」

それはそうだ。瑛太も、言ってもいない大ボラで糾弾されるとは……。

「瑛太センパイより、断然イケメンじゃんっ♡」

「あはは、確かにそうかもね」

瑛太としてはここで否定するわけにもいかないだろうけど、何なんだこの茶番は……。

「ぶっちゃけ私、一目惚《ひとめぼ》れしちゃったかもですっ♡」

「ちょっと華音、何言い出すの⁉」

華音ちゃんの言葉に、先程をも上回る教室内のざわめき。一部の女子からは、黄色い歓声も上がっているけど……いやマジで、何なんだこの流れは……⁉

「はは……ありがとう、お世辞でも嬉しいよ」

「えーっ？　ホントなのになーっ？」

一応、周囲から見て冗談だと取れる範囲ではあるだろう。

……が、しかし。実際、オレは先日華音ちゃんから『告白』を受けている。あの時は俺も冗談の類だと思ったけど、唯華が言うには華音ちゃんは本当に俺のことが好きらしい。

この間初めて会ったばかりだっていうのに、どこに好きになってくれる要素があったのやら……まさか、今の『一目惚れ』っていうのもあながち冗談じゃなかったのか……？

本当はすぐにでも、改めて告白に対して断りの返答をするべきだ。とはいえ、この状況。まさか皆の前で拒絶するわけにもいかないし、この流れで俺が華音ちゃんを教室外に連れ出すのも妙な噂が立ちかねないよなぁ……。

「さってと」

なんて思っていたら、またも華音ちゃんが口を開く。

次は何を言うのかと、内心身構えていると……。

「お姉のクラスのセンパイ方にご挨拶も出来たし、念願の秀一センパイにもお会いできましたしっ！　今日のとこは、これでお暇《いとま》しまーすっ！」

と、華音ちゃんはあっさり帰るようだ。

「……次来る時は、ちゃんと大人しくしとくんだよ？」

「はーい」

ちょっと苦々しい調子で言う唯華に、華音ちゃんは快活に返事する。

もう来るなとは言わない辺り、唯華もやっぱり妹は可愛いんだろう。俺だって、もしも一葉《かずは》が教室に遊びに来てくれたら嬉しいもんな。

まぁ、引っ込み思案なあの子がそんなことするわけないだろうけど……んんっ？

よく見たら……教室の入り口からちょこっとだけ顔を覗《のぞ》かせてこっちを見てるのって……一葉、だよな……？　あんなとこで、何やってんだ……？　ていうかなんか瞳孔が開きってる感じがするんだけど、大丈夫か……？

◆　◆　◆

百合《ゆり》の間に挟まる男、公式キャラを差し置きオリキャラを活躍させる二次創作、親友カプ大好き侍。この世の三大害悪です、皆様見つけ次第殲滅《せんめつ》にご協力ください。

それにしても、あの女……！　私だけの……もとい、今は私と義姉《ねえ》さんだけのサンクチュアリである兄さんのお膝の上に座るという蛮行だけでは飽き足らず、こんな公衆の面前で告白ですって……!?　びっち……！　オタクに優しいギャルは存在しませんでしたが、びっちなオタクは実在しました……！　最優先殲滅対象です……！

「あれっ？　ワンリーフちゃんじゃん、何やってんのこんなとこで」

教室から出てきた親友カプ大好き侍が、私のHN《ソウルネーム》を呼びながら首を捻《ひね》ります。

「お義兄《にい》さんに会いに来たの？　それとも、お姉？　なんで入らないの？」

「入れるものなら数分前に速やかに突入し、貴女《あなた》に鮮やかなドロップキックをぶちかまして退場させていましたよ……！」

「うん……？　恥ずかしいから学校では関《かか》わるなー、とかお義兄さんが言ってる系？」

「兄さんが私を拒絶するようなことを言うわけないでしょう！」

「じゃあ……わかった！　吸血鬼設定だっ？　招かれないと入れない、ってやつだよねーっ？　おっしゃ、じゃあ私が招いてあげるよ。おいでおいでー」

「私は中二病患者ではありません……！　あと貴女も招く立場にはないでしょう……！」

「うーん……じゃあ、なんで入らないの？」

「普通の人間は、呼ばれてもいない上級生の教室に堂々と闖入《ちんにゆう》出来る程に心臓の毛がボッサボサではないからですよ……！」

「へー、そういうもん？」

はい出ました、陰の者の感覚がわからない陽の者。

くっ……！　一時は同志だとさえ思っていたことが今や黒歴史です……！

「てか、入れないなら何しに来たの？　お散歩？」

「貴女を監視するために決まっているでしょう……！」

「本人が何をいけしゃあしゃあと……！」

「そなん？　おつー」

本日、私のクラスにこの女が転入してきました。

それはまぁ、よろしい。ネット上で繋《つな》がっただけの関係とはいえ、浅くはない仲。転校直後で心細いところを、私が一番に話しかけてあげましょう……などと、思っていたのですが。親友カプ大好き侍はむしろ自ら積極的にクラスメイトに話しかけ、半日経過する頃にはすっかりクラスの中心人物にまでのし上がっていました。

それも、よろしい。私には持ち得ぬその圧倒的な陽の心には、ある種の敬意さえ抱いていたのです。ふっ……彼女には、私の助けなど不要でしたか……と、ニヒルな笑みを浮かべた私の静かな学園生活が再開されるはずでした。

というか、ニヒルな笑みを浮かべるところまではやっていたのです。

――ねぇねぇ。変顔してるとこゴメンだけど、今ちょっと話せるー？

あの女が、昼休みになって話しかけてこなければ。

――……構いませんが。あと、変顔などしていません。

返す私の声は、ちょっと硬くなっていたことでしょう。

陰の者は、陽の者から話しかけられると無条件に警戒してしまうのです。

――近衛一葉ちゃん……近衛秀一さんの妹ちゃん、でいいんだよねっ？

――相違ございません。

――てことは、やっぱワンリーフちゃんだっ！　リアルでは、初めましてだねっ。ふふっ、でも初めて会うような気がしないなーっ。イメージピッタリだったしっ！

――……そう言う貴女は、思っていたよりずっと陽の者でしたね。ネット上ではキモオタムーブを演じていたというわけですか。

――や、オタクなのもガチよ？　知ってるでしょ？

――……まぁ確かに、あれはファッションで演じられる域を超えたキモさですが。

――あはっ、ありがとーっ！

――真の陽の者には、闇魔法など効かないのですね……。

――ところで、お義兄さんって三年何組か知ってる？

――当然です。八組ですよ。

この時、私は全く以《もっ》て油断していました。推しのクラスさえ知らない同担に、ノブレス・オブリージュを発揮するつもりで教えてしまったのです。完全に、失言でした……！

――ありがとーっ！　お姉に聞いても、教えてくれなくてさーっ。一組から順番に回っていくしかないかと思ってたから、助かったよっ。じゃ、ちょっと行ってくるねーっ♡

——……？

違和感を覚えるのが、遅すぎました。

最初は普通に、義姉さんに会いに行くのかと思っていましたが……思えばあの女は、最初から『お義兄さんの』教室を尋ねていたではないですか。

——まさか……!?

慌てて追いかけてきてみれば、この有様ですよ……！

「てか昼休みもう終わるし、そろそろ戻ろうよ」

「……それはまぁ、そうですね」

一応これは正論なので、我々は連れ立って歩き始めました。

「それはそうと、何ですか先程のハレンチの数々は！」

ですが、キッチリ糾弾は続けます……！

「ハレンチて。てか、どれのことー？　もしかして、お義兄さんの膝の上に座ったやつ？　あんなの、ただのスキンシップじゃーん」

「ハレンチなお店の基準で語らないでください！　しかもそれだけに飽き足らず、あんな大勢の前で告白だなんて……！」

「や、流石《さすが》にそこは純愛判定してよ」

「ＮＴＲやんけ！」

「これは、『寝てから言え』って言う場面？」

「お？　私が兄さんと同衾《どうきん》して明かした夜の数と貴女が推しに赤スパした回数、どちらが多いか比べてみますか？」

「おっと、そういやガチで推しと寝たことのあるタイプのオタクだった。初めて会ったけど、ちょっと厄介かもしれないなー」

「兄さんには義姉さんがいると、貴女も知っているでしょう！　というかそもそも、公式凸は圧倒的ギルティです！」

「いいじゃん、告白くらーい。十年越しの初恋の人に、やっと会えたんだもんっ♡」

「お？　古参マウントですか？　残念でしたー、こちとら生まれた瞬間から推しとの絆《きずな》が結ばれた推し歴十六年の最古参勢でーす」

「ふっふーん？　でもでも私だって、半裸で推しの上に乗っかったことあるけどねっ？」

「おぉん？　こちとら、全裸で推しにオムツを替えて貰《もら》ったことさえあるのだがー？」

「えっ、お義兄さんそういう趣味が……？　うーん……でも私も、何でもしてあげるって言っちゃったからなー。それに、意外とやってみると良いのかも？　というわけでお義兄さん、私も……いいよっ♡」

などと、教室に戻るまで私たちの口論は続いたのでした。

♠　♠　♠

「どしたい秀ちゃん、変な顔して」

「……俺の知らないところで、何かしら俺の不名誉が生成された気配を感じる」

「……？」

何言ってんだコイツ？　って顔で見てくる瑛太だけど、俺も自分で言っててよくわからなかった……ただ、俺の第六感がそんなことを告げているんだ……。

「まぁそれはともかく……さっき一葉があそこからこっち覗いてたんだけど、何してたんだと思う？　華音ちゃんと何か話した後、一緒に帰っていったみたいなんだけど」

「なら、華音ちゃんを見守りに来たんじゃない？　普通、転校初日に上級生の教室に行くとか心細いってレベルじゃないっしょ。華音ちゃんにはそれが当てはまらないだけで」

「あぁ、なるほどな」

腑《ふ》に落ちた。なんか以前からの友達みたいだし、やっぱり一葉は優しいなぁ……あの日も、心配ゆえだったんだな……ってことで、いいんだよな……？

「一葉ちゃんは良い子だもんねー？　ウチのにも見習わせたいよー」

「華音ちゃんだって、元気で可愛《かわい》くて良い子だったじゃないですかっ。転校初日にお姉さんの教室にご挨拶しに来るなんて、とっても礼儀正しいですしっ」

「う、うん……ありがとう……」

さっきの一連の流れを一から十まで全部見た上で真面目に断言してる辺り、やっぱり高橋さんって大物の器だよな……。

♠　♠　♠　♠　♠　♠

まぁまぁ色々あった、二学期初日の夕方。

「秀くん、次これお願いねー」

「あいよー」

俺は、唯華が取り入れてくる洗濯物をせっせと折り畳んでいた。

「わわっ、降ってきたっ」

ベランダから、唯華のちょっと焦った声。

「そっち、手伝おうかー？」

「大丈夫、これでラストだからっ」

尋ねると、今度は頼もしい言葉が返ってきた。

「ふぃー、ギリセーフ！」

ベランダから戻った唯華が、ドサッと洗濯物を置く。

「台風が来るからって、早めに取り入れ始めといて正解だったな」

「ほんそれ、神タイミングーっ」

と、俺たちは小さく笑みを交わしあった。

それから唯華も加わって、二人で黙々と洗濯物を畳んでいく。会話がなくても気まずいなんてことは少しもなくて、むしろこの空気感が心地良……んんっ⁉

「ちょっ……⁉　これ、唯華の……⁉」

バスタオルを手に取ったところ、下からブラ……らしきものが見えてしまい、慌ててもう一度バスタオルで覆い隠した。

「あっ、ごめんごめん。そっちに紛れ込んじゃってた？」

当然ではあるけれど、下着なんかのデリケートなものについては各々で管理することになっている。今回は慌てて取り入れたもんで、混ざっちゃったんだろう。

「んふっ……じゃ、ついでに畳んどいてもらえるー？」

んんっ……⁉　各々で管理することになってましたよね……⁉

「や、畳み方とかわからないし……」

そういう問題でもないけども……！

「あっ、そっか。そりゃそうだよね」

けれど、唯華も納得してくれたようで密《ひそ》かにホッとする。

「えっとね、まずこうやって裏返してー」

「んんっ……！　畳み方をレクチャーしてほしいという意味ではないのですが……！」

傍《かたわ》らの洗濯物の山からブラを抜き出し畳み始める唯華から、俺は咄嗟《とっさ》に目を逸《そ》らした。

「出来れば、その辺りはいつも通り自分の部屋で畳んでいただけますと……！」

「んー？　洗濯前ならともかく、洗濯後のこれなんてただの清潔な布でしょ？　秀くんだって、自分のを私に見られても恥ずかしくなくない？」

「それはまぁそうかもだけど……！」

確かに逆の立場になって考えると、俺も唯華に洗濯後の下着を畳んでもらうことにそんなに抵抗はない……けども！　えっ、これ同列に語っていいやつなの⁉　男のパンツと女性のブラ、ホントに一緒⁉

あと、さっきチラッと見ちゃったけど……唯華、あんなの付けてるの……⁉　前に見た……トラブルによって見ることになってしまった下着よりも、なんと言うかこう……大胆過ぎはしないでしょうか……!?

「んふっ」

視界の端で、唯華がニマッと笑うのが見えた。

それから、唯華はなぜか俺の耳元に唇を寄せてきて。

「秀くん……こういうのが、好きなの？」

そっと、ささめいた。

「別に……そういうわけでは……」

一方の俺は、なんと答えるのが正解なのかわからずゴニョゴニョと言葉を濁す。

「下着の好みは、ちゃーんと言ってね？　私、秀くんが好きなやつを着てあげるし……それを秀くんはいつだって、見たい時に見ていいんだからっ？」

「っ……！」

その蠱惑的《こわくてき》な囁《ささや》きに、思わずさっきの下着を身に付けた唯華の姿を想像……しかけて、慌てて頭の中から追い出す。

「だから、俺相手だからってあんまそういうこと言うなって……！」

この手の注意をするのも、何度目か。勿論《もちろん》『親友』である俺なら絶対に『間違い』なんて起こさないって信頼の上のことで、それ自体は嬉《うれ》しいんだけども……！

先日の新婚旅行では、少しだけ危なかった。今後、アレを超えるような『何か』でもない限り大丈夫だとは思うけど……流石にもう少し、仮にも男を相手にしているんだという警戒心を持っていただきたいと申しますか……。

……いや、こんなことを考えてる俺の方が不埒《ふらち》なのか？　確かに、『親友』の下着にドギマギするなんておかしい……いや、これホントに俺がおかしいの⁉

「はいはーい、それじゃ残りは自分の部屋で畳むねー」

俺の葛藤を見て取ってくれたからか、唯華は自分の下着を集めて自室に向かうようだ。

ホッとしつつ、その光景を視界に入れないよう細心の注意を払う俺なのだった。

♥　♥　♥

ふふっ、秀くんったら……たかが下着を見ちゃっただけで、あんなに照れちゃって。ホント、可愛いんだからーっ。さっき言った通り、今のこれはただの布。見られたところで、恥ずかしくなんて……恥ずかしく……恥ず……いや、なんか今になって結構恥ずかしくなってきたかも⁉　だって洗濯後だろうと下着だもんね⁉

しかもさっき秀くんに見せたブラ、適当に取ったけど……よく見たら、私が持ってる中で一番エッチなやつ……！　買ったはいいけど付けるタイミングもなくて、とりあえず一回洗濯だけしとこって思った日によりにもよって……！　違うの秀くん！　私、エッチな下着ばっかり持ってるエッチな女の子じゃないんだからねっ……！

……でも。もしも秀くんが、その方が好きなんだったら……エッチな下着も付けてあげるし、エッチな女の子にだって。なって、あげるけどねっ？

♠　♠　♠

下着事件のほとぼりも、俺の中でようやく冷めた頃。

「よし、こんなもんだろ」

リビングの窓を養生テープで補強し終えて、俺は一つ頷《うなず》く。

「秀くん、こっち終わったよー」

トイレの方を対処してくれてた唯華も戻ってきた。

「雨、だいぶ強くなってきたねー」

「もうすぐピークに入るって話だもんなー」

雨は徐々に強さを増してきており、窓を打ち付けている。

ビョウビョウという風の音が、閉め切った室内にも届いていた。

「ねっ、台風の日ってさ」

ふと、唯華が俺の横顔を見上げる。

「なんだか、ワクワクするよねっ」

「唯華は、本当に少年の心を忘れないなぁ……」

ニッ、と昔……ゆーくんを彷彿《ほうふつ》とさせる笑みに、思わず苦笑が漏れた。

「えーっ？　秀くんはワクワクしないのーっ？」

「そりゃ……勿論、するけどなっ」

実際、俺も同じ心境ではある。ちょっと不謹慎かもしれないけど……非日常感がどんどん強まっていくにつれ、どこか胸が躍っているのだった。

「さて、そんじゃ今のうちに……」

防災グッズの確認でもしとこうか……今まさに、そう続けようとした瞬間。

「っ⁉」

「きゃぁっ⁉」

世界が、突如暗闇に包まれた。

停電したっぽいけど、流石《さすが》に面食らった……のはともかくとして。

「やだやだ暗い暗い怖い！　秀くんいる⁉　秀くん⁉　ねぇこれ、秀くんで合ってる⁉　もしかして別のナニカ⁉　何それ怖い⁉」

「いるいるいるここにいる！　俺で合ってるから……！」

俺としては、唯華に正面から抱きつかれているというこの状況の方がピンチかもしれない……！　見えない分感覚が研ぎ澄まされているのか、柔らかい感触や甘い香りが……って、余計なこと考えてる場合か！

「ほら唯華、俺はここいるだろ……？」

差し当たりスマホを点《つ》けて顔の横に持っていくと、スンッと胸元から鼻の鳴る音。

「……んっ」

俺の顔を確認出来て安心したのか、スマホの頼りない光で僅かに照らされる唯華の顔は落ち着きを取り戻し始めているように見えた。が、まだまだ不安いっぱいって表情だ。

「懐中電灯、取りに行くから」

「ん……私も、行く」

俺一人で十分だし、ホントは唯華にこの暗闇の中で歩くなんてリスキーなことしてほしくないんだけど……まぁ、今の唯華を暗闇に一人置いていく方が危険か。

「よし、じゃあ行こう」

「ん……」

「……あの、唯華さん？」

「ん……？」

俺に抱きついたままの唯華に疑問の目を向けると、同じく疑問の視線が返ってきた。

「出来れば、一旦離れていただけますと……」

「ヤダ……」

怖いものが苦手で遭遇すると幼児退行しがちな唯華は、俺の胸に顔を埋《うず》めたままイヤイヤと首を横に振った。こんな時にアレだけど……可愛い。

……じゃなくて。しゃーない、このまま行くか。

「じゃあこっち、ちょっとずつ摺《す》り足で行くから」

「ん……」

行く先をスマホで照らし、ゆっくり移動する。幸いにして、防災グッズを置いてあるのはリビングの隅、そこまで距離はない。唯華が俺の動きにピッタリ合わせてくれるおかげもあって、思ったより歩きづらさもなかった……色んな意味で集中力が削《そ》がれる以外は。

「よし、あった……！」

無事に防災袋まで辿《たど》り着き、懐中電灯を取り出しスイッチを入れる。スマホよりはだいぶ頼もしい光に、俺をホールドする唯華の力もようやく少し弱まった。

「あとは……と」

防災袋からもう一つ、水の500㎖ペットを取り出す。

「……？　喉、渇いたの……？」

「ちょっと、試してみたいことがあって」

ネットで見ただけの知識だから、不安はあるけど……立てた懐中電灯の上に、ラベルを剝《は》がしたペットボトルを載せる……と。

「わっ、すっごい明るい！」

ペットボトルがパッと輝いて周囲を照らし、唯華の声にも普段に近い明るさが戻った。

「水による屈折で、光を拡散することが出来るんだってさ」

「へーっ！　さっすが秀くん、物知りーっ！」

「たまたま知ってただけだよ」

謙遜でもなんでもなく、紛《まが》うことなきたまたまである。

「あっ……ごめんね？　痛かったよね？」

と、ここでついに唯華が離れてくれた。

「全然痛くなんてなかったし、それで唯華の不安が少しでも紛れるならいくらでも抱きついてくれてて構わないさ」

「ふふっ、ありがと」

そうは言いつつも、密《ひそ》かにホッとしている俺ではあった。

「さて……夕飯、どうしような？」

あとなんかまた恥ずかしいことを言ってしまったような気がして、サラッと話題を変える。実際、次に話すべき議題はこれだろう。

「んー……念のためご飯は早めに炊いといたけど、保温も切れてるしさっさと食べたいねー。あとは、ガスが無事かにもよるけど……」

「点くかの確認はした方がいいと思うけど、この薄暗さの中で火を使うのは避けたいな」

「だねー。それじゃ、缶詰とー……あっ！　コロッケ、いっぱい買ってあるんだった！」

「ははっ、十分そうだな」

唯華の備えのおかげで、侘《わび》しい夕食にはならずに済みそうだった。


というわけで。

「たまには缶詰も良いもんだなー」

「だね、普通に美味《おい》しいーっ」

薄暗い中、俺たちはもう食事を楽しむ余裕もあった。

「コロッケも美味《うま》い……んっ？　これ、実家《ウチ》で食べてたのと同じ味がするような……？」

「今回は、秀くんちが昔から利用してるお肉屋さんで買ってきましたーっ」

「へー？　そんなの、よく知ってたな。むしろ俺の方がどこで買ってるのか知らないわ」

「んんっ……！　まー、ね？　お義母様《かあさま》と、何の話してる時だったかなー？　たまったま、そんな話も出たのを思い出してっ。そんな、旦那さんちの仕入れルートまで全部調べ上げて把握してるような重い女なんているわけないもんねっ？」

「それはそうだろうけど……」

「……うん」

……なんか、前にも似たような会話したような気がするな？

というのはともかくとして。

「ところでこれ、なんか間接照明みたいでオシャレかもーっ」

「ふっ、確かに」

唯華も、持ち前のポジティブさを取り戻してきたようだ。

『ごちそうさまでしたっ』

いくつかの缶詰と結構あったコロッケを平らげ、揃《そろ》って手を合わせる。

「電気、なかなか復旧しないねー」

「だなー」

窓の方を見る唯華につられて俺も目を向けると、外も真っ暗。どうやら、付近一帯が停電らしい。分厚い雲に邪魔されて、月明かりの一つも届いては来なかった。

どこを見ても漆黒の中、唯一の光源はペットボトルON懐中電灯。

外から届くのは、轟々《ごうごう》という激しい雨風の音のみ。

それはまるで……。

「なんだか……世界に、私たちしかいないみたいだね」

「……だな」

世界に、俺たちだけが取り残されたみたいだ……なんて。

ちょうど同じことを考えていたから、少しだけ返事が遅れた。

そして、きっと……この気持ちだって、同じだろう。

「でも……ね？」

「あぁ」

だから多くは語らず、小さく微笑《ほほえ》み合うだけに留《とど》める。

もしも……本当に、世界に二人だけ取り残されたとしても。

唯華と二人なら少しも不安はない、ってさ。

♠♠
♠♠
♠♠

そして、翌朝。

どうせ今日は土曜だから、登校時の雨の心配とかは必要なかったけど……。

「おーっ、今日はカンカン照りだねーっ」

「ザ・台風一過って感じだな」

昨晩から一転、雲一つない高い青空をベランダから見上げる俺たち。

「停電、昨日のうちに復旧してくれて良かったねーっ」

「電力会社の方々の尽力にマジ感謝だな」

電気は昨晩、寝る直前くらいに復旧した。その時、ホッとした面持ちで微笑みを交わし合った俺たちだけど……お互いの目に、ちょっとだけ残念な気持ちも宿っていたと思う。

「にしても、今日は暑くなりそうだー」

「てか、今の段階でまぁまぁ暑いわ……」

俺はちょっと苦笑しながらエアコンのリモコンを手に取って、冷房を入れた……が。

「……あれっ？」

何度電源ボタンを押してもエアコンはウンともスンとも言わず、首を捻《ひね》ることになった。

リモコンの画面は付いてるんで、電池切れってわけでもない。

「ちょっと、本体で操作してみるか……」

薄々嫌な予感はしつつ、本体のスイッチをオンに。

それでも、やっぱり反応はなかった。

「わっちゃー……昨日の停電で、なんか変な負荷かかっちゃったかなー？」

「っぽいな……」

停電前までは問題なく稼働してたので、きっかけはたぶんそれだろう。

「しばらく、エアコンなしかー」

「ちょいキツいかもな」

ちなみに、各々の部屋のエアコンは生きているんだからそれぞれの部屋にいればいい
……という正論は。俺たち二人、どっちも口にはしない。

なんかもう、一人の時の方がちょっと落ち着かない気さえするし……なら、どっちかの部屋で一緒に過ごせば良いのではないかと言えば。別に口に出して約束したわけじゃないけど、暗黙の了解として。俺たちは、互いの部屋にあんまり長居しないようにしていた。

だって、その……ベッドがあるとこに二人でいると、その……変な気分に、ならないと

も限らないというか？　そうなる可能性も、あくまで可能性としては考えられないことはないかも的な？　いや勿論《もちろん》、何もしないけどね？

結局俺たちは……リビングでの距離感くらいが、『ちょうどいい』。

……今は、まだ。

それに。

「だーけーどー？」

「おうよ」

お互い、不敵な笑みを浮かべ合って……。

数分後。

「っは、辛《から》ーっ！」

「激辛の名に恥じないパンチ力だな……！」

俺たちは朝食として、激辛カップ麺に挑戦していた。

「あはっ、秀くん汗だくー」

「唯華だって。もうこれ、暑くて汗かいてるのか辛くて汗かいてるのかわかんねぇな」

暑さと辛さの相乗効果で、二人共汗びっしょりだ。暑い時こそ、辛いものを。どうせ汗をかくなら、いっそ全力でかいてやろうの精神である。

暑さだって、唯華となら楽しむ要素の一つになるのだった。

それに、これだけ汗をかけば外から吹いてくるぬるい風でもだいぶ涼しく感じられる。

『ごちそうさまっ』

ほぼ勢いのまま、俺たちは同時に激辛麺を食べ終えた。

「ふぃー、こんだけ汗かくと気持ち良いねーっ」

「だなー。でも風邪引かないよう、この後でシャワー浴びないとな」

「今シャワー浴びたら、絶対気持ちいーっ」

……ちなみに。夏休み初期に、汗でシャツが透けて……という姿を俺に晒《さら》してしまった唯華は、それ以降は透けない素材のシャツを常用してるみたいだ。俺としても、目のやり場に困るようなことがなくって助かっている……のは、良いんだけど。

暑さ対策だろう。今の唯華はちょっと丈の短いTシャツにホットパンツっていう、いつも以上にラフな格好だ。大胆に晒された、健康的な肉付きの太ももが……いやいや、水着の時はもっと大胆な露出だったんだ。今更この程度で動揺する俺じゃない……ですよ？

……ただ。

「ふーっ、こうしてるとちょっと涼しーっ」

ただでさえ短いシャツの裾をパタパタさせているせいで、チラチラとおへそが……いや、それこそ先日の水着の時はずっと丸見えだったんだし……なんて考えていると。

「んふっ」

唯華が、ニンマリと笑った。

「見たいの？」

「っ⁉」

ペロンと大胆にシャツを捲《まく》り上げるもんだから、完全におへその姿が顕《あらわ》に……！

「あっ、これ結構涼しいかもー」

「はしたないからやめなさい……！」

「ふふっ、お祖母様《ばあさま》みたいなこと言うじゃーん」

先日の海で、散々見たはずだけど……逆に。あの時よりも全体的に露出は少ないからこそ、出ている部分についつい目がいってしまう。

「秀くん、おへそフェチなんだー？　へー、なんだかエッチだねー？」

「別に、そういうわけじゃ……」

と、俺をからかうモードの唯華だったけど。

「ひゃんっ⁉」

突如、悲鳴と共に跳び上がった。

「どうした……⁉」

「何かが、背中に入ってきて……！　ヤダヤダヤダ、蜘蛛《くも》じゃないのこれ⁉」

と、いうことらしい。

「秀くん、取って取って取ってー！」

「…………俺が⁉」

想定外の言葉すぎて、一瞬理解が追い付かなかった。

「だって自分じゃ見えないし、私蜘蛛触れないもーん！　秀くん、早くお願ーいっ！」

「あっ、おう……」

色々と言いたいことはあったけど、とりあえず今は涙目の唯華の救出を最優先とする。

「じゃ、じゃあ、ちょっとだけ見る……ぞ？」

唯華の背後に回った俺は、慎重にシャツの襟口を引っ張って中を覗《のぞ》こうとする……と。

「そんなんじゃ見えないでしょ！」

「⁉」

唯華自身の手によりグイッと襟口が引っ張られ、大きく視界が開けてしまった……！

思わず下着の線に……目を、やるなっての！

「ねっ、ほらいるでしょブラ紐《ひも》のとこぉっ！」

んんっ……！　まさにその辺りでしたか……！

しゃーなしで……余計なことは考えず無心で、目をやると。確かに、モゾモゾと動く小さな蜘蛛の姿を発見することが出来た。

俺はそっと手を伸ばし、蜘蛛を指で捕まえ……ようと、したところ。

「んぅっ……」

「っ……！」

背中にちょっと触ってしまったみたいで、唯華が大きく身じろぎし。

俺は変なところを触ってしまわないよう、慌てて手を引き抜く。

「あ、あんまり動かないでほしいんだけど……」

「ごめん……こないだ海でも思ったけど、私背中が弱いみたい……」

その情報は、本当に俺が知って良いものなんだろうか……。

「ひゃぁん⁉」

「今度はどうした……⁉」

「ヤダ、お尻の方に来ちゃったぁ！　ほら、こっち！　取って取って！」

「んんっ……⁉　流石《さすが》に、ホットパンツの中に俺が手を突っ込むのはちょっと……！　だいぶマズいと思うのですが……！　いやだからって、脱ごうとしないで⁉　あっ！　出てきた出てきた！　これで脱がなくても取れるから！」

「えっ……？　ひゃぁん⁉　やっぱ蜘蛛じゃーん⁉　取って取ってー！」

「オーケーオーケー、捕まえ……たっ！　うぉっ、今度は俺のシャツの中に⁉　このっ……！　今度こそ……！　よしっ！　……ほら、外に逃がしたからもう大丈夫！」

なんて、てんやわんやで蜘蛛を逃がし。

「はぁっ……秀くん、ありがとー……」

「どういたしまして……」

俺も唯華も、ちょっとぐったり気味だった。

流石に、暑い中で騒ぎすぎたな……と、しばしそのままぼんやりしていたところ。

ピンポーン、とインターフォンの音が鳴った。

『はーい……？』

俺たちは、揃《そろ》って玄関へと向かう。別に二人で行く必要なんてないんだけど、二人共判断力が鈍っていた。そう……判断力が……鈍って、いたんだ……。

『はい……』

二人並んで、玄関の扉を開けると。

「グッモーニー……！　……ン」

そこに立っていたのは、華音ちゃんだった。涼しげな白いワンピース姿で、手にはスイカを持っている。あと、なぜか元気な挨拶が途中で萎《しぼ》んでいった。

かと思えば……何やら、とても良い笑みを浮かべて。

「これはこれは、おっ邪魔しましたーっ」

と、そのまま向こうから扉が閉められた。

『……？』

俺たちは、怪訝《けげん》な顔を見合わせて。

『っ⁉』

その瞬間、理解した。今の俺たちの姿はというと……汗だくな上に着衣は乱れてて、ちょっと息も荒らげている……という状態で。つまりは、その……『最中』に慌てて服を着て出てきた……という風にも、見えなくはなかった。

俺たちは、慌てて再び玄関の扉を開ける。

「華音ちゃん、ちょっと待って！」

「誤解だから！　そういうんじゃないから！」

既に立ち去り始めていた背中に声を掛けると、華音ちゃんはクルリと振り返った。

その顔には、やっぱりとても良い笑みが浮かんでいる。

「いやいや、事前に連絡せずに来ちゃった私が悪いんでっ！　改めてまた午後にでも……あっ。朝から、ということは……もしかしてぇ？　今日は一日中のつもり……って、ことかなっ？　オッケー！　日を改めるねっ！」

「何かを察しないで⁉　改める必要ないから！」

「ていうか、妹に『そういう』気遣いされるのなんか心にクるからやめて……！」

この後、二人でめちゃめちゃ華音ちゃんに事情を説明した。

♥　♥　♥

「ま、言うて最初からわかってたけどねーっ？」

私たちの説明を受けて、華音はあっけらかんと笑う。まぁそうだよね……私たちが、その……『そういうこと』をする、関係じゃないって……華音は、知ってるんだし。

「そう簡単にいく二人じゃないからこそ、やりがいがあるんだもんねーっ」

なんか呟《つぶや》いてニヤニヤしてる華音だけど、何のことやら……。

「あっ、そうだ忘れてたっ！」

そこでふと、華音は何かを思い出したような表情に。

「グッモーニンッ、お義兄《にい》さんっ！」

そして、ガバッと秀くんに抱きついた。

「……おはよう、華音ちゃん」

前は義妹《いもうと》からのスキンシップとして普通に受け入れてた秀くんだけど、華音の気持ちを知った今はちょっと複雑な表情を浮かべている……ていうか！

「華音、それ毎回やらないといけないノルマ的なやつなの……!?」

「えっ？　だって、親しい間柄でも挨拶は大事でしょ？」

「その言葉自体は合ってるんだけどねぇ……！」

私の言わんとしていることはわかってるだろうに、華音は素知らぬ表情。

かと思えば、スンスンッと鼻を鳴らした。

「お義兄さん、汗くさーいっ♪」

「汗だくだからね……汗臭いから、離れてもらえるかな？」

「んー？　汗くさくて、いい匂いだよっ？」

「そんなわけないでしょ……」

「あるんだーもんっ♪」

あぁぁぁぁぁぁぁぁぁぁぁぁぁぁぁぁぁぁぁぁ!?

華音ったら、何やってんの⁉　あんな間近でクンクンと秀くんの匂いを嗅いだりして……！　私だって、こっそり嗅ぐに留《とど》めてるっていうのにぃ……！

「さて、お姉もグッモーニーンッ！」

「ちょっ、私も汗だくだからあんまり近づかないで……！」

実の妹といえど今の匂いを嗅がれるのは避けたい乙女心から、私はこっちに向かってくる華音の肩を押さえてガチ気味に拒絶する……と。

「今の私には、お義兄さんの汗が大量に付着している」

「っ！」

そう囁《ささや》かれ、衝撃が走る。その発想はなかった……！

葛藤は、一瞬。

「……まぁでもやっぱり、挨拶は確かに大事だよね。おはよう、華音」

私は、華音をスッと自ら抱きしめた。

「……？」

一瞬で前言を翻した私に、秀くんはちょっと不思議そうな表情を浮かべている……けど、今はそれよりも集中すべきは嗅覚。

真っ先に感じられるのは、夏場に華音が常用してる爽やかなボディミストの香り。その奥に、自分自身のものに似たどこか安心するような匂いがあって……それに混じって。

いつもより男性的な感じが強くて、ちょっと刺激的で、嗅いでいると落ち着くのに、逆にドキドキもしちゃう、それは……。

「んふっ」

汗くさーい♪

「にひっ」

どうにか澄まし顔を保っている私を見て、華音はニマリと笑う。

「お姉からは、メスの香りがするねっ？」

「もうちょい別の言い方はなかったの……!?」

確かに今、内心でメスの顔になってることは否定出来ないけども……！

「あっと。お義兄さん、安心してね？　女の子らしい、あまーい香りってことだからっ」

「ははっ……知ってるよ」

…………んんっ？

「ほっほーん？」

華音の目が、キラーンと光った……ような、気がする。

「お義兄さんは、お姉の匂いを『知ってる』んだぁ？　そっかそっかー」

「いや、変な意味じゃなくてね？　一緒に暮らしてると、どうしてもすれ違う瞬間とかにフワッと良い匂いがするなって瞬間があったりで……」

秀くんは、ちょっと慌てた様子で弁明する……けど、今……。

「ふっふーん？」

華音の目が、またキラーンと光った……ような、気がする。

「お義兄さんはぁ？　お姉の匂いを、『良い匂い』だって思ってるんだー？」

って、やっぱり言ってたよね……!?

「や、違……！」

「えっ？　違うんだ？　違うってことは……お姉の匂い、臭いって思ってること？」

「断じてそんなことはないけども！」

秀くんはすぐ否定してくれたけど……なんてこと聞くの華音！　ていうかこんな質問、人の心を持ってたら本心に関《かか》わらず否定するに決まってるでしょ……！

「えー？　どっちどっちー？　お義兄さんはー？　お姉の匂い、好き？　嫌い？」

「ねぇこの質問、答えないと駄目なのかな……!?」

「だって、お姉的にも気になるとこだよねーっ？」

「まぁ……はい……忌憚《きたん》なきご意見をいただければと……」

万一本当に臭いって秀くんに思われてたら、もう生きていけない……否！　秀くんと添い遂げるまで私は生きる！　もしもそうだったら、一時間に一回シャワーを浴びよう！　全力で体質も改善しよう！　今日この後、皮膚科に行って指導を受けよう！

「で？　好きなのー？　嫌いなのー？」

繰り返される華音の質問に、秀くんは葛藤の顔……から、諦めの表情となり。

「……好き……です」

良かった、これホントのコト言ってる時の顔！

「へー？　それって、どんな風にー？」

「ドンナフウニ!?」

「具体的な感想がないと、ホントかわかんないでしょっ？」

「いや、その……えーと……なんていうか、優しくて、柔らかいような香りで……？　なんだか甘くて、爽やかで、落ち着くような……逆に、ソワソワしてしまうような……でも、それも心地良くて……まぁ、はい……そんな感じ……なんですけども……」

「あはっ、そうなんだーっ♪」

顔を真っ赤にしながら答える秀くんの頰《ほお》をつつきながら、華音はニヤニヤと凄《すご》く嬉《うれ》しそうに笑っている。確かに、照れる秀くんは可愛《かわい》いけども……！

「お姉、良かったねー?」

「そこまで聞けとは言ってない……！」

今回ばかりは私も赤面を抑えることが出来ず、両手で顔を覆っていた。

だって、秀くんが私の匂いを……そんな風に思ってくれてる、とかさ……！

すっごく嬉しいんだけど、死ぬほど照れる……！

「あっ、ちなみにちなみにぃ？　お姉も、お義兄さんの匂いが大好きぃ♡　だって！」

「私そんなこと言ってないでしょ!?」

「あっ、そっかそっか。確かに『言って』はなかったよねぇ？」

まぁ事実であり、さっき全力で堪能してしまったけども……！

「あー、っと。それより華音ちゃん、今日はそれを持ってきてくれたのかな？」

私に飛び火してきたとこで、秀くんが華音の持つスイカを指差し話題を変えてくれた。

「はーい、そうでっす」

華音も、あっさりそれに乗っかる。

「お祖母様《ばあさま》が『山程貰《もら》って、腐らせるのも勿体《もったい》ないから唯華のとこに持ってきな』って」

「めっちゃお祖母様のマネ上手《うま》いじゃん……」

「ちな、私経由でエアコン壊れたって話を聞いてから言い出したことなんでっ。意訳としては、『これでちょっとは涼んでね』ってことだと思いまーすっ」

「華音ちゃんは、お祖母さんと仲が良いんだね？」

「てか、昔のことがあるからってお姉が必要以上に怖がり過ぎなんだよねーっ。普通に接してたら、ちょっと口が悪いだけのただのツンデレじゃん？」

「それもどうかと思うけど……」

思わず苦笑が漏れる。

「それじゃ、早速切っちゃうから。華音も食べてくでしょ？」

「や、実家《ウチ》に腐るほどあるってのは事実なんでー。てかそれ以前に、この気温でエアコン無しは普通にマジ勘弁っていうか」

「あー……うん、そっか」

そう言われちゃうと、無理に引き止めることは出来なかった。

「そ・れ・にぃ？」

と、華音はニンマリ笑う。

私をからかう気満々の表情だけど、今度は何を言い出すのやら……。

「いずれは、三人で……っていうのもいいけどっ？　今日は二人だけで、さっきの続きをお楽しみ……シたいもんねっ？」

「ねぇ華音、やっぱりなんか変な勘違いしてない……⁉」

「えー？　変な勘違いって、何がー？　私は、ラーメンの後はデザートも楽しみたいよねって言っただけなんだけどー？　お姉の方こそ、なーんか変なこと考えてなーい？」

「ぐむっ……！」

「やっぱお姉って、ムッツリだよねー」

「ちょっともう、秀くんの前で変なこと言わないで！」

「お義兄さんの前じゃなきゃいいの？」

「それならまぁ多少は……」

「事実だから？」

「姉妹の間の可愛いジョークだからっ！」

ホントもう、秀くんに誤解されちゃったらどうするの……！

……誤解、だからね？

「んじゃま、お姉をからかうノルマも果たしたところで私は帰りまーっす」

そんなノルマは即刻廃止してしまえ……！

「あっ、そうだっ」

踵《きびす》を返しかけた華音は、またも何かを思い出したように秀くんに近づいていく。

「さよならのキス……むぐっ」

そして、突き出した唇を秀くんに手で押さえられた。

「それは駄目だって、言ったでしょ？」

「挨拶のキスでもー？」

なんて、秀くんは粛々と華音を諭す。前に私が『おやすみのキス』について言った時は、もうちょっと動揺してたと思うんだけど……秀くんも、あの頃から成長してるってことかな？　それとも……あれは、私が相手だったから……とか？

んふっ、なんてねっ。

♠　♠　♠

華音ちゃんが帰ってから、少し後。

「んーっ、すっごい甘くて美味《おい》しいーっ」

「流石《さすが》というか、上等なやつを持ってきてくれたんだな」

唯華が切ってくれたスイカに、俺たちは二人で舌鼓を打っていた。せっかくだからこの青空を眺めながら食べた方が美味しそう……っていう唯華の提案で、窓際に座布団を敷いて座りながら。確かに、この方が風情があって良いな。

「あと、なんかちょっと涼しくなってきたかもー」

「スイカにはシトルリンってアミノ酸が含まれてて、体に入ると皮膚表面の血管を広げて血行をよくして皮膚から熱を逃がしてくれるんだってさ」

「へー、そうなんだ？　その効果かな？」

「まぁ流石にそこまで即効性はないだろうから、冷たいものを食べたからだと思うけど。キンキンに冷やして持ってきてくれたもんな」

「熱辛いものを食べた後に冷た甘いものを食べる黄金パターン、図らずして入ったねー」

「華音ちゃんと、婆《ばあ》ちゃんのお気遣いに感謝だな」

「……だね」

ちょっとだけ苦笑気味ながらも、唯華も素直に頷く。

『ごちそうさまでしたっ』

二人手を合わせて、この朝二度目のごちそうさま。

「はーっ、食べたーっ」

「流石に満腹だな……」

二人揃《そろ》ってちょっとお行儀悪く、ゴロンと床に寝転がる。朝から、ラーメンにスイカ……それも唯華の「やっぱりスイカといえばこれでしょ！」というお言葉によって八等分に切ったものを食べた結果、座っているとちょっとだけ苦しかった。

外から吹いてくる少しぬるい風に、けれど唯華は心地良さそうに目を細める。

「いい風出てきたねーっ」

「てか、やっぱ扇風機も買っとけば良かったな」

「ねー？　エアコンあるしって見送ったけど、こういう時に頼りになるのになーっ」

「むしろ今からでも買いに行くか？」

「んー……エアコンの修理、いつになるって？」

「明後日《あさって》には来てくれるってさ」

「なら、買うとしても来年でいいかなー」

「エアコン＋扇風機って運用も出来るし、無駄にはならないと思うけど」

「そうだけどねー」

唯華は寝転んだまま、網戸越しの空を見上げた。

「こんな暑い日も、もうそんなには続かないでしょ？」

その日は、少しだけ寂しげに見える。

それは、唯華が夏好きだからか……あるいは。

　この夏が、楽しすぎたからか。

　俺も……夏が終わることに、らしくもなく少し感傷的な気分になっていた。去年までなら、鬱陶しい季節が終わって清々する、くらいに思ってたのにさ。

　……だけど。

「秋になったら、紅葉を見に行くのも良いな」

「だねー。せっかくだし、お弁当持ってピクニックにする？」

「いいねぇ。また実家《ウチ》の近くの山にでも行くか」

「あっ、それなら今度は川釣りもしてみたいなっ！　釣りってこないだの旅行で初めてチャレンジしたけど、ハマっちゃいそうかも！」

「そんじゃ、実家経由して釣り竿《ざお》も借りてくか」

「また海でも釣ってみたいなー」

「なら、今度この辺りの海にも挑んでみよう。問題は、磯《いそ》釣りか船釣りか……」

「ふふっ……そんなの、答えは決まってるでしょ？」

「お？　どっち希望なんだ？」

「両方、やってみればいいだけっ」

「ははっ、確かにな」

夏が、終わっても。

二人なら、どんな季節だって同じように楽しめると俺たちは確信して……。

「っ……」

そっと、手が触れ合う感覚。

それから少しずつ、指が絡められる。

「秋といえば、栗《くり》拾いなんかもいいよねーっ」

「ん、あ、おぅ。いいね」

「帰ったら、栗のたっぷり入った栗ご飯！」

「今から楽しみだよ」

唯華は俺の目を見たまま、何事もなかったかのように話す。俺も、なんとなく視線を外せないまま……力を込めすぎないよう慎重に、そっと唯華の手を握り返した。

新婚旅行から帰って以来、唯華からのスキンシップのラインナップに『これ』が追加されていて。今回が初めてというわけでもないけれど、何度やっても妙に緊張してしまう。

い、いやでも、これくらい、『親友』なら普通……だよな？　女の子同士とか、気軽に手を繋《つな》いでるイメージあるし？　きっと、それの延長線上だ……とは、思うものの。

「ふふっ」

唯華が、微笑《ほほえ》みを深める。

その、幸せそうな……愛《いと》おしげにも見える笑顔が、意味するところを。

俺は、未《いま》だに図りかねているのだった。

♥　♥　♥

何度手を繋いでも、いつも同じくらい……いいえ。

いつだって、前回以上にドキドキする。

子供の頃は当時の私と同じくらいの大きさで、ふくふく柔らかくて可愛《かわい》かった秀くんの手。今はゴツゴツして力強くて、とっても頼りになる男の人の手。

触れ合う度に、指を絡め合う度に、新鮮なときめきが胸に満ちていく。

その度に、私はしみじみ実感するの。

嗚呼《ああ》……好きだなぁ。

第2章　まだ夏は終わらない

エアコン故障、二日目。

「流石にこの時間はまだ涼しいねー」

「風も気持ち良いよな」

「それに、外で食べるとなんだかそれだけでテンション上がっちゃう！」

「うん、なんとなくいつもより美味しく感じる気がするよ」

俺たちは簡易テーブルと椅子をベランダに持ち出し、そこで朝食を取っていた。

唯華《ゆいか》発案の、『テラス席』。今日はクロワッサンにスクランブルエッグにサラダと、カフェでの朝食気分だ。朝の、ひんやりした風が心地良い。

「あっ、そうだ！」

ふと、また唯華が何かを思いついた表情となる。

「ここにハンモック張ってお昼寝するのも、気持ちよさそうじゃないっ？」

「おー、確かに。ちょとしたキャンプ気分？　的な？」

「的な的なっ」

ホント……どんな状況でも楽しみに変えてしまう唯華の姿勢には脱帽だ。

「んふっ」

なんて思ってたら、唯華はイタズラを思いついた時の笑みを浮かべる。

「一緒のハンモックで、お昼寝……しちゃう？」

「し……ちゃいませんっ」

一瞬否定の言葉が遅れたのは、その場面を想像してしまったから……というのと、もう一つ。関連して、こないだの旅行で『事故』により一緒の布団で一夜明かしてしまったことを思い出してしまったからだった。

「そっかー、ざんねーん」

唯華はもう全然平気そうな顔だけど、俺は未だにあの時のことを思い出すとドギマギしてしまうんだよな……。

「あー……っと。とはいえ、昼は流石に外じゃ暑いかもな」

「んー、それは確かに？」

その気まずさを誤魔化《ごまか》すのも兼ねて懸念点を口にすると、唯華もコテンと首を横に傾ける。それから、雲一つない青空を見上げた。

「今日も、良い天気だもんねー」

「ま、おかげで洗濯物は爆速で乾きそうだけど」

「暑い日はそれ助かるよねーっ。何回でも洗濯機回せちゃうっ」

「むしろ、目一杯洗濯物干しとかないとなんか損した気分になるまである」

「私もそれあるーっ。今日は、布団も干しちゃおっと」

「そうだな、俺も後で布団干しとこう」

なんて他愛《たあい》もない会話を交わす中で、ようやく俺の気まずさも薄れてきたところで。

『ごちそうさまでしたっ』

ちょっと新鮮な気分での朝食を終えて、同時に手を合わせる俺たち。

それとほぼ同時に、ピンポーンとインターフォンの音が鳴った。

「あっ、私が出るね。たぶん、私が注文した荷物が届いたんだと思うから」

「了解、んじゃ俺ここ片しとくわ」

「ありがと、お願いねーっ」

家の中へと戻る唯華に続いて、俺もテーブルと椅子を折り畳んでリビングへ。所定の位置に戻したところで、唯華が戻ってきた。その手には、ダンボール箱が抱えられている。

「やっぱり私が頼んだ荷物だったー」

「何を頼んだんだ？」

「じゃーんっ！」

尋ねると、唯華は段ボール箱を開け……中に入っていたのは。

「毛糸、か」

「そーっ。冬に向けて、そろそろ用意しとこうと思ってて っ」

なんて、唯華は鼻歌交じりに毛糸を取り出す。

「編み物も出来るんだ？」

「んっふっふー」

おっ？　これは、かなり自信アリって顔だな？

「春先のちょっと寒い日に私がよく着てたカーディガン、覚えてる？」

「勿論《もちろん》。あの、桜色のやつだろ？」

「イエスっ！　実はあれ……私の、手編みなのでーす！」

「えっ、そうなんだ？」

これは素直に驚きだ。てっきり店で買ったものだと思ってたし、今思い起こしてみても店で売ってるやつに勝るとも劣らない出来だったと思う。

あのヤンチャだった、ゆーくんが編み物……と考えると、数分で飽きて投げ出す姿しか想像出来なかったけれど。今の唯華であれば……。

「確かに唯華って手先器用だし、毎日コツコツやる系の作業得意だよな」

「そーそー、ソシャゲのデイリー消化とかねっ？」

茶化《ちゃか》す調子ではあるけれど、編み物をする姿がとてもしっくり来ると思った。

♥　♥　♥

「編み物は、暇だった時にちょっと試しにやってみるかーって思いつき程度で始めたんだけど。これが、意外とハマっちゃって」

なお、これはウソである。だって……好きな人に自分の手作りのものを身に着けてもらいたいから、ずっと練習してただなんて。ちょーっとだけ、重いような気がしなくもないじゃない？　でも、その努力もようやく報われる機会が……いや、まだだ。

「というわけで秀《しゅう》くん、採寸させてっ？」

何気ない調子で尋ねてみるけど、内心ではちょっとドキドキしている私。

「俺にも何か編んでくれるのか？」

「あったり前でしょっ。まずはセーターでいい？　今からちょいちょいやってったら、ちょうど冬前くらいに完成すると思うから」

「ありがとう、嬉《うれ》しいよ」

そもそも手編みの衣類を贈る時点で、ちょっと重い女なんじゃ……って懸念もあったんだけど、秀くんはホントに嬉しそうに思ってくれてる顔っ。良かったー！

「じゃあはい、腕上げてー」

メジャーを手に取った私の指示に従い、秀くんは腕を並行に上げてくれる。

首、肩幅、胸、お腹《なか》、と順番にメジャーを当てていき……んふっ、これが今の秀くんの身体《からだ》のサイズなんだー？　なんて、また一つ新しく秀くんのことを詳しく知れたことに私は内心でニヤニヤ笑っていた。だけど、満足するにはまだ早い。

今回の作戦の本番は……むしろ、ここからなんだもんねっ。

♠　♠　♠

唯華がメジャーを当てている間、極力動かないよう姿勢を維持して。

「オッケー、採寸完了っ」

一通り測り終えたらしく、唯華は満足げに頷《うなず》く。

「じゃあ次、私のも測ってー」

そして、メジャーを俺に差し出し…………んんっ⁉

ちょっと待って、俺の聞き間違いじゃなければ……！

「えっ、俺が唯華のを測るの……!?」

「だって、自分じゃ測りづらいじゃない？」

「それはそうかもだけど……」

んんっ、やっぱり聞き間違いじゃなかったか……！　出来れば聞き間違いであって欲しかったというか……それは、その……許されるのか!?　色んな意味で！

「さっきの私と同じ感じでお願いねー」

とはいえ、当の唯華が平気な顔をしてるんだ。俺だけが過剰に反応してしまうのも、なんというか……変なことを考えているようで、よろしくないだろう。

……全く考えていないのかと言えば、嘘《うそ》になるのだけれど。

「……了解」

不承不承ながら、俺はメジャーを受け取って。まずは、唯華の首にそっとメジャーを巻いて数字を記憶する。続いて、肩幅。それから……。

「……こっから先は、自分でやった方が良いんじゃないか？」

「こっから先が、自分だとやりづらいんでしょ？」

「……まぁ、そうなんだけど」

「次、バストお願いねっ♪」

唯華は、ニマッと笑って声を弾ませる。

さては、最初から動揺する俺を見て楽しむ作戦か……？　ならば俺は、無心で……。

「んっ……」

メジャーを唯華の胸にそっと当てた瞬間妙に艶《なま》めかしい声が上がったもんだから、俺は慌てて離れて両手を上げる。

「っ、ごめんなんか変なとこ触っちゃったかっ？」

「あっ、大丈夫大丈夫。ちょっと擦《こす》れてくすぐったかっただけだから」

……ちょっとメジャーが触れただけで、そんなにくすぐったいものなんだろうか？

「今、ブラ付けてないからさー」

「そうなの⁉」

えっ、ちょっと待って、じゃあ俺は今、Tシャツ一枚でしか隔てられてない唯華の胸に、メジャーでとはいえ触れてしまったってこと……⁉

「暑いからねー」

「そ、そういうもんなんだ……」

女性の、というか唯華の事情は唯華にしかわからないから納得するしかないけども。

「というわけで問題ないから、もっかいお願いね」

問題はだいぶあるんじゃないですかね……⁉

「どうしたの？」

けれど、唯華はやっぱり平気そうな顔。

……まぁ確かに、『親友』を採寸するという状況自体は何ら不自然ではないんだけども。

「……じゃあ、測るから」

「ほいほい、いくつー？」

「は、はちじゅう……えーと……」

この情報は、ホントに俺が知っちゃって良いやつなのか⁉

♥　♥　♥

必死に動揺を抑えている様子の秀くんから、自分のバストのサイズを聞いて。

「そっかー、前回測った時から変わらずだねー」

「……ソウナンデスネ」

何気なく言うと、秀くんはめちゃくちゃ気まずそうに返してくる。

そんな秀くんの耳に、唇を寄せて。

「秀くんの好きなサイズのまま、だねっ？」

「…………ソウデスネ」

囁《ささや》きかけると、さっき以上に気まずげな声。華音《かのん》の誘導尋問の結果、秀くんは『私くらい』のバストが好みだと判明している。ちょっとくらい上下しても大丈夫な感じみたいだけど……ちゃんと、秀くん好みのサイズをキープしとかないとだよねっ。

……さて、それはそうと。

今ノーブラなの、すっかり忘れてたぁっ!!

後に引けなくて平気なフリしてるけど、私なんか結構凄《すご》いことしちゃってない……!?

秀くんの手が、Tシャツ一枚でしか隔てられてない胸に、触れるか触れないかのとこで動いてて……すっごく、ドキドキしちゃったよね……！

……まぁ、実際には指先一つさえ触れなかったんだけど。秀くんも、男の子なんだしさー。手が滑っちゃったー、って感じでちょっとくらい触ってくれても全然良いのにねー？

「じゃ、次お腹回りねっ」

「……ハイ」

期せずして最大の山場となったバスト採寸も終えて。引き続き、ギクシャクとロボットみたいな動きで私のお腹にメジャーを当てていく秀くんの姿を楽しんでいたところ……。

――ヴヴヴッ

「あっ、私のスマホだ」

「ん？　俺のも震えた気がするぞ……？」

バイブ音が聞こえたから、テーブルの上に置いてあった自分のスマホを手に取る。

秀くんも、ほぼ同時に同じ動き。

すると、高橋《たかはし》さんからメッセージが来ていて――

♠　♠　♠

早くも、秋どころか冬にまでちょっと思いを馳《は》せていた俺たちだったわけだけど。

「まだまだ夏は終わらない終わらせない！　全力でプールを楽しもう大会の開催を、ここに宣言しちゃいますっ！　いぇーい！」

『いぇーい！』

現在、俺たちは高橋さんの号令の下で一斉に手を上げていた。

さっき高橋さんから、『ネット見てたら、オススメのプールを見つけちゃったかもですっ！　一番の目玉はウォータースライダーで、「怪我人《けがにん》が一人も出てないのが奇跡」って評判なんですっ！　どんなもんか確かめにいきましょーっ！』とお誘いいただいたのだ。

そうだよな……なんか勝手にもう夏が終わったような感じ出しちゃってたけど。

まだ暑いうちは、それを全力で楽しまないとだよなっ。

「唯華さん、その水着可愛いですねーっ」

「ありがとーっ」

ちなみに本日の唯華は新婚旅行の時の大胆な黒ビキニじゃなくて、フレア付きのハイネックビキニとビキニスカートって出《い》で立《た》ちだ。

「でも唯華さんなら、もっと大胆なのでも似合いそうですけどっ」

「ふふっ、ありがとね。でも今回はちょっと、あんまり肌は見せたくなくて」

「あー、それはわかるかもですっ」

うんうん頷いてる高橋さんだけど、黄色いバンドゥビキニは割と露出度高めである。

「特別な人以外には……ねっ？」

と、唯華は一瞬だけ。こちらに、どこか意味深な視線を向けた。

今日の唯華が前の水着じゃないのは、俺が旅行の時に「他の人に見せたくない」とか恥ずかしいことを言ってしまったせい……かも、しれない。いやうん、俺の自意識過剰で、普通に今日はこっちの気分だったとかかもしれないけどね！

いずれにせよ、本日の水着もとても良く似合っており……その傍《そば》にいる俺にも、周囲からの視線がめちゃくちゃ感じられた。

……まぁ今回に関しては、唯華だけが理由ってわけでもないだろうけど。

高橋さんも、健康的な魅力に溢《あふ》れていて可愛いし。

「いやーっ、やっぱ夏といえば一回は女の子の水着を拝ませてもらわないとだよねっ」

言動はともかく、ツラの良い男もいる。瑛太《えいた》に関しては脱ぐとちょっと引くレベルで鍛え上げられてるんで、そこも人目を引く一因だろう。

ここまでは、お馴染《なじ》みの同《おな》クラメンバーだけど……。

「兄さん、どうしました？　あっ、妹の水着姿に見とれてしまいましたか？　ふふっ……兄さんなら、たっぷりガン見していただいて構いませんよ」

「うん、まぁ、うーん……」

微妙に反応に困る俺の視線の先でなぜかドヤ顔を披露している我が妹、一葉《かずは》が着ているのは……スクール水着。これはこれで、目を引く格好だと言えよう。

「ウチの指定水着、そんなベタなやつじゃないだろ……なんで持ってるんだ……？」

「兄さんがお好きかと思いまして。ご覧の通り、ちゃんと旧式ですよ？」

「お、おう……秀ちゃん、そんなこだわりが……」

「今回はマジのガチで誤解だから！　ご覧の通りにわからないし、まず旧式って何⁉」

「うん？　今回『は』ってことは、前回のメイド服は……？」

「んんっ……！　それは、言葉の綾《あや》ってやつだけども……！　そんなことより！」

疑惑の目を向けてくる瑛太だけど、俺は無理矢理《むりやり》に会話を打ち切った。

そして……。

「なんで華音ちゃ……華音さんがここに……!?」

若干今更ながらの疑問を、華音ちゃんに向ける。

着替えて集合したら、なんか自然な感じで華音ちゃんも混じってて……驚いてる間に高橋さんの号令が始まっちゃったから、言及するタイミングを逃してたんだよな……。

「来ちゃった♡」

「はい！　勿論《もちろん》、私がお誘いしましたっ！」

華音ちゃんがゆるっと、高橋さんがビシッと敬礼のポーズを取る。

「あぁ、唯……烏丸《からすま》さん経由で、ってこと？」

「や、私も華音が来るの知らなくて。更衣室入ったらなんか普通にいて、驚いちゃった」

これは前回の旅行で一葉も来ているのを俺が知らなかったのと同様、高橋さんの仕込んだサプライズか……？　だとしても……。

「なら、どうやって連絡先を……？」

一昨日、教室で会った時は二人の絡みはなかったはずだし……あぁそうか、一葉に聞くって手があったか。たぶん連絡先くらい交換してるだろうし……。

「昨日街でたまたまお見かけしましたので、連絡先交換しちゃいましたっ」

ウソだろ……!? ちょいちょい話す程度のクラスメイトでも声を掛けるか見なかったことにするか迷うシチュで、一回会っただけで話したこともない『友人の妹』に連絡先を聞いた……だと……!? コミュ力に限界値が存在しないのか……!?

「陽菜《ひな》センパイ、お誘いありがとでーすっ！ 秀一《しゅういち》センパイとプール、嬉《うれ》しいなっ」

そして華音ちゃんは、毎度水着で腕に抱きつくのはやめてほしいんだよね……人目もあるし……いや、なければいいってわけでもないんだけど……。

「侍、今すぐその駄脂肪を推しから離さないと切り捨て御免ですが？」

「こんなの、ただのスキンシップじゃーん？」

「痴女の国の基準で語らないでくださいせっかくの神作画が駄乳に埋まって見えな……えっ、埋まって？ 埋ま？ 埋ま？ 埋ままま？ 腕が、胸に……埋まる？ そんな事象が発生し得るのですか……!? オゴゴゴ……うちゅうのほうそくがみだれる……！」

「あはっ、ワンリーフちゃん宇宙に思いを馳せる猫の顔真似《まね》めっちゃ上手《うま》いじゃんっ」

一葉が華音ちゃんを注意しようとしたみたいだけど、なんか途中でバグった。

ていうか、侍……？ ニックネームなんだろうけど、華音ちゃんのイメージとは結構離れてるような……まぁでも、あだ名ってそういうもんか。

「ワンリーフちゃん……？　あっ、帰国子女だから何でも英語で言っちゃうキャラでいくわけですね！　それじゃ私のことも、サンベジタブルと呼んでくれて構いませんよ！」

「いいえ陽菜先輩、ワンリーフは私のソウルネームです。そして『菜』なら greens の方が適切かと存じます」

ともあれ、一葉もすぐに復旧したようだ。

「ねーねー華音ちゃん。そういうスキンシップ、オレにはしてくれないのかなー？」

いかにもチャラい調子で自分を指す瑛太は、華音ちゃんが離れるようにとフォローしてくれているんだろう……たぶん。流石《さすが》に、下心オンリーではない……と、信じたい。

「瑛太センパイ、ごめんなさーいっ！　秀一センパイから、『俺以外の男にこういうことすんな』って言われてるんでぇ♡」

「秀ちゃん……？」

「んんっ、確かに似たような意味合いのことは言ったけども……！」

正確には、周囲にあらぬ誤解を与えたり相手に変な勘違いされることもあるだろうし、男を相手にこういうのはあんまり良くない……俺は勿論義妹《いもうと》相手にそんなこと考えないけどね、的なやり取りがあっただけである。

「あれっ……？　もしかしてお二人って、もうお付き合いされ」

「陽菜先輩その解釈違いは私の唯一の地雷ですそしてあり得ない可能性です脳が破壊されるので口にしないでください」

俺たちのやり取りを見た高橋さんが疑問を呈しかけ、なんかめっちゃ早口な一葉に遮られた。ちょっと目が血走ってるけど、大丈夫か一葉……というのはともかくとして。

「ごめん……ちょっと、華音さんと二人で話をしてきても良いかな？」

「はい、もちろんですっ！」

皆に尋ねると、高橋さんがちょっと食い気味に頷《うなず》いてくれた。唯華と瑛太も、苦笑気味に頷く。一葉は……なんだろう、一応頷いてくれてはいるんだけど……なんか唇を嚙《か》んで血涙でも流しそうな勢いで目を見開いてるのは、一体どういう感情なんだ……？

ともあれ。一旦高橋さんの誤解が加速する可能性もある……というかたぶんそうなると思うけど、ここは飲み込んで早期対処を選ぶことにする。

「それじゃ秀一センパイ、行きましょ行きましょっ」

「あぁ、うん……」

俺の腕を搔《か》き抱《いだ》いたままの華音ちゃんに引っ張られ、人目に付かない物陰に移動して。

「こんなとこに連れ込まれた私は、どんなや〜らしいことされちゃうのかにゃー？」

「連れ込まれたのは、どっちかっていうと俺だけどね……」

　って、軽口を返してる場合じゃない。

「華音ちゃん」

　出来る限り、真面目な表情を意識する。

「ごめん」

　そして俺は、大きく頭を下げた。

「この間の旅行で告白してくれた時……俺は、君の冗談だと思ってた」

「ま、普通はそう思うよねー？　しょーがないっ」

　当の華音ちゃんは、あっけらかんとした様子だ。

　俺は、一度顔を上げて華音ちゃんと目を合わせる。

「今は、君が本当にそう思ってくれてるって知ってる」

「うん……ありがとう」

　華音ちゃんの表情も、少し真剣味を帯びてきた。

「その上で」

　だからこそ。

「ごめん」

俺は、あらん限りの誠意を込めるつもりでもう一度頭を下げた。

◆　◆　◆

とっても真摯に、お義兄《にい》さんは頭を下げてくれる。

「俺は、君の気持ちに応えることは出来ない」

予想した通りの言葉に対して、私は。

「うん、それでいいよ？」

「えっ……？」

普通に返すと、お義兄さんはちょっと意味がわからないって表情で顔を上げた。

「むしろそれがいいよ？」

「うん……？」

付け加えたら、今度はだいぶ意味がわからないって感じで眉根を寄せる。

私がフラれる度に推しカプの愛の深さを生で体感出来るこの神システム、マジ最強じゃない？　うひひっ……っとと。お姉じゃあるまいし、顔には出さない出さないっ。

さて、それじゃ改めて……さっきの言葉へのお返事を続けましょう。

「お義兄さんが何て言おうと、私の気持ちは変わらないもん」

だって、これは……お義兄さんの気持ちなんて、ぜーんぶ知った上で動かし始めた初恋なんだしねっ。そんなの、今更今更っ。

「私がお義兄さんを想《おも》い続けるのは、私の自由でしょ？」

「それは……まぁ、そう……かもしれないけど……」

お義兄さんは、困ったような顔で自分の頬《ほお》を掻く。

「正直……それだけの気持ちを俺に対して抱いてくれてることは、嬉しく思う」

おっ、デレイベント来たか？

「でも……どれだけ想われたとしても、俺が君の気持ちに応えることはないよ」

ですよねー、知ってた。

「それは、お義兄さんが」

さってと。そんじゃ、ここらでちょっと進捗確認でも入れてみますかーっ。

「お姉と、結婚してるから？」

「そ……」

一瞬頷きかけた、お義兄さんだけど。

「……違うよ」

少し考えた末に、否定した。

「俺は」

そして。

「唯華のことが、好きだから」

ハッキリ、言い切った。

「にひっ」

いーじゃんいーじゃん！

本人不在の場で、私をフるためとはいえ、自分でちゃんと言えるようになったんだー？

「うんっ！　お姉とのこと、応援してるよっ！」

「え？　あ、うん、ありがとう……うん？」

お義兄さんは、「何かが上手《うま》く伝わってないのかな？」って感じの表情で首を捻《ひね》る。

「最初に言ったでしょ？　私は、二人のことを邪魔するつもりなんて少しもないの」

「え……？　あー……っと。そういえばそんなこと言ってた気もするけど、あれって旅行の邪魔はしないって意味じゃなかったの……？」

「大好きなお姉と、自分の大好きな人が結ばれるとか最高じゃんっ」

「そう……なの？　えっ、そういうものなの……!?」

「そういうもんだよっ！」

お義兄さんの疑問を、勢いで押し切る。

「だから、お義兄さんはお姉にアタックする。お義兄さんに私の行動を止める権利なんて、ないよね？　恋愛って、そういうもんでしょ？」

私は、ちょっと顔を下げてお義兄さんを仰ぎ見た。

「だってお義兄さんとお姉は、夫婦だけど……恋人同士じゃ、ないんだもんね？」

「それは……」

押し黙るお義兄さん。弱点が似た者夫婦で助かりますわー。

「だーかーらー？」

私は、スススッとお義兄さんとの距離を詰める。

「こういうのを止める権利も、お義兄さんにはないのだっ」

言いながら、またお義兄さんの腕に抱きついた。

「そう……だね…………いや待って⁉　好きな子に、よりにもよって『私の妹とイチャついてる』とか誤解されるっていうエゲつないデメリットが俺に存在してない⁉」

「そこはほら、今まで通り妹扱いしてればチャラなんでっ」

「ホントにそれでチャラになるかなぁ……⁉」

「なるなるーっ。実際、そこんとこお姉に疑われてるわけじゃないんでしょっ？」

「それは勿論《もちろん》、唯華は信じてくれてるけど……えっ、じゃあこれが最適解……？　確かに形式上は、全て丸く収まる……いやホントに⁉　ホントにこれが正解で合ってる⁉」

「合ってる合ってるーっ。ほら、そろそろ戻らないと？　陽菜センパイから、ホントにやらしいことしてたって思われちゃうよーっ？」

「あ、うん……うぅん……？」

未《いま》だ混乱状態なお義兄さんの腕を引いて、皆の方へと戻っていく。

……ちなみに。今お義兄さんに語ったことは、嘘偽《うそ》りない私の本心である。

全てを語ったわけでも、ないけどねっ？

私だって、自分が恋に恋してる状態だってことくらいわかってる。この想いは、放っておけばいつかは風化する感情なんだって理解してる。

でもさ……結局、十年も温まっちゃった恋心なんだよ？　ちょっとくらい供養させてほしいっていうか……この『好きな人にアプローチしてる』感を、楽しみたいじゃんっ？

塩対応されるのも、それはそれで恋の醍醐味《だいごみ》、ってねっ。

それにそれにっ？　人の心なんて移ろいゆくものって言うし？　ガチ十年モノのお姉とは違って、お義兄さんの恋心は最近自覚したくらいのものでしょ？

ぶっちゃけ私は、女としての魅力でお姉に明確に劣っているとは思っていない。

勿論、勝ってるとも思ってないけどねっ？

お義兄さんは私と出会ってまだ数日なわけだし、これから私の魅力をどんどん伝えていけば……ワンチャン、マジで二番目くらいはあるかもだよねーっ？

♠　♠　♠

華音ちゃんを説得するはずがなぜか唯華とのことで背中を押され、なんか逆に説得？されてしまって皆のところに戻ると。

「おかえりなさーいっ！」

高橋さんが、ワクワクした様子を隠さず前のめりに出迎えてくれた。

「どうですかっ、進展の方はっ？　進みましたかっ？　戻りましたかっ？　それとも、一回おやすみですかっ？」

……なんか、すごろくの進展を聞かれてる？

いやまぁ、高橋さんの言動に細かいツッコミを入れてたらキリがない。

「や、そういう話じゃ……」

「バッチリ！　六マス進んじゃいましたーっ！」

「おぉっ、なんと六マスですかっ！」

……なんか華音ちゃん、高橋さんと妙に波長が合ってるとこあるよね？

「裁判長！　被告人は虚偽の申告をしている可能性が濃厚です！　兄さんの弁護人として、証拠品の提出を求めます！」

「一葉ちゃん弁護人の申し出を認めますっ！　華音ちゃん被告人、何か証拠となるものを提出できますかっ？」

「強いて言うなら……この小指にしっかりと結ばれた、秀一センパイへと繋《つな》がる赤い糸が証拠かなっ？　チュッ」

「おーんっ？　そんなこれみよがしに口付けたところで、赤い糸など微塵《みじん》も見えませんがーっ？　裁判長、被告人は幻覚を見ている可能性アリ！　やはり先程の証言の信憑性《しんぴょうせい》は皆無です！　とりあえず二十年くらいぶち込みましょうっ！」

「うーん……無罪っ！」

「っ……!?　裁判長、なぜですか!?」

「ウソついてるって証拠もないですしー」

「くっ……！　疑わしきは被告人の利益に……！　正しき裁判官としての判断……！」

……なんか一葉も高橋さんと波長、合ってるな？

華音ちゃんはともかく、一葉なんて全然性格も違うのに。三人の共通項といえば……ちょっとアレなとこがいや理由はわからないけど、仲良きことは良きことだな、うん。

「ところでさっきの小指にキスするとこ、ワンリーフちゃんが前に上げてたオリジナル小説『赤い糸の先にいてくれますか？』の再現なんだけど気付いてくれなかったのー？」

「っ⁉⁉⁉　わかった上でスルーしているに決まっているでしょう貴女《あなた》こそなぜ気付かなかったのですか私がちょっと赤くなってプルプル震えていたことをそれともまさか気付いた上で言ってますか裁判長あのなんかアレです辱め罪！　被告人は、弁護人辱め罪の現行犯逮捕です！　極刑のご判断を！」

「ワンリーフちゃん、アカウントはオープンにしてるって言ってたじゃん。そんな恥ずかしがることでもなくなーい？」

「何年前に書いた小説だと思ってるのですか！　というか、そもそも！　アレ上げたの、裏垢《あか》の方！　鍵かけてるやつ！」

「あー、そうだっけ？　ごめんごめん」

そんなやり取りを交わす二人を見ていると……思う。

「一葉……良かったな、本音でぶつかり合える友達が新しく出来て……」

「ねぇ近衛《このえ》くん、それは妹愛で瞳が曇りすぎてるのか現実逃避なのか、どっち？」

しみじみ言うと、唯華にジト目を向けられた。

「……それで」

それからさりげなく半歩近づいてきて、唯華は声を潜める。

「ホントは、どうなったの？　華音との話し合い」

盛り上がっている一葉と華音ちゃんに注目が集まる中、小声で尋ねてきた。

「えーと、結論から言うと……現状維持？」

ということに、なるんだろうな……。

「ふーん？　なら、いいんじゃない？　これ以上、変に拗《こじ》れたんでなければ」

特に詳細を聞いてくることもなく、それだけ言って唯華はまたスッと離れていく。

興味がない、ってわけじゃないんだろうけど……もしかすると、妹と親友の恋愛にあまり干渉しないようにって考えてくれてるのかな？

だとすれば……ありがた過ぎて、チクリと胸が痛んだ。

♥　♥　♥

っっっっっっっっっし!!　現状維持なら、実質私の大勝利だよね……！

考えられる最悪は、いやないってわかってるけど、確実にないんだけどね？　考えられる可能性としてね？　優しい秀くんが華音の一途《いちず》な気持ちに絆《ほだ》されて……二番目ならまぁ、って受け入れちゃう可能性が微粒子レベルで……存在しないいんだけど！

ついつい、あり得もしないパラレルワールドに想像を馳《は》せてしまう。そうなった時……それでもきっと、秀くんは私のことを一番に想ってくれるとは思う。でもそれは、『親友』で、名ばかりの『奥さん』だからで。『恋人』としての一番は、って考えると……あり得ない空想なのに、ズキリと胸が痛んだ。

♠　♠　♠

その後は、皆で普通に目一杯遊んだ。

競泳プールで（俺と唯華が）全力で競走し、飛び込み台では（俺と唯華のみ）一番高いとこに挑戦して、プール内でのビーチバレーでは（主に俺と唯華が）白熱した勝負を繰り広げ（なお今回は胸まで水に浸《つ》かっていたため、胸揺れ問題は大丈夫だった）、疲れてきたら（これは全員で）それぞれ浮き輪に乗って流れるプールで流されるままに流された。

そして、現在は。

「いぇーい！　って、思ったより遅くなーい？　……うぉっ⁉」

「ふふっ、このくらいの速度で動じるこの近衛一葉ではありませんよ……んんっ⁉　いえちょっとこれは流石《さすが》に……⁉」

と、なんか不穏な声を残しつつ……大きな浮き輪に一緒に乗ってウォータースライダーの中に消えていった、瑛太と一葉を見送ったところだった。

「えっ、と……次、ホントに俺と烏丸さんの組み合わせでいいの……？」

順番を次に控えた俺は、全員に問いかける。

「私は、全然問題ないよー」

ぶっちゃけ一番問いかけたかった対象である唯華が、真っ先に頷いてしまった。

いやあの、唯華さん……？　一つの浮き輪に二人で乗るということはですね、水着にも拘《かか》わらずとんでもない密着度になるということでですね……俺も、ちゃんと後ろから抱きしめられる自信がないと申しますか……あっ、そっか唯華に後ろに行ってもらえばいやその方が問題だな色んな意味で……！

「もー、秀一センパイったらっ。ジャンケンで決まった結果なんですから、今更ウダウダ言っちゃメッですよっ？」

「それはまぁそうなんですけど、唯華さんさえよろしければ私と唯華さんの組み合わせに変更でも構いませんよ？」

俺に指を突きつけてくる華音ちゃんと、たぶん華音ちゃんに気を使ってくれてるんだろう高橋さん。高橋さんの申し出は、ぶっちゃけ俺にとってもありがたいものではある。

勿論俺にも、唯華と一緒に楽しみたいって気持ちはある。ある、けども……！　お触り問題のことを考えると、華音ちゃんとの方がある意味気楽ではあるよな……。

「陽菜センパイっ、お気遣いセンキューでっす！　でもでもっ、今日の私は陽菜センパイと一緒に乗りたいなっ！　お近づき記念っ、的な的なっ？」

「おぉっ、的な的ななら仕方ありませんねっ！」

素直に後輩から慕われて、高橋さんも気分は悪くなさそう……というか、めちゃめちゃ嬉《うれ》しそうだった。これはもう、決定の流れだな……。

「さぁ近衛くん、さっさとレッツラゴーしちゃってくださいっ！　私だって、臨死体験出来るというこのウォータースライダーを早く体感したいんですからっ！」

俺の背中を押す高橋さんだけど……今更ながら、そもそもこのウォータースライダーは乗って大丈夫なやつなのか？　俺たち以外に並んでる人もいないし……。

「それでは浮き輪に乗って、滑り出すまではここのバーを摑《つか》んでおいてくださいねー」

「あ、はい……」

話し合いが一段落したと見たか、係員さんの案内が始まってしまった。

半ばなし崩し的に、唯華と一つの浮き輪に乗り込むことに。

「私が摑んどくから、近衛くんは後ろからギュッてしといてね？　ちゃんとくっついてないと、すぐ水中分解しちゃうらしいから」

「……このくらい？」

慎重に、唯華の腹部へと腕を回す。

「それじゃ全然、水中分解っ！　もっともっとギュッと！」

「……これくらい？」

「まだまだ！」

「……流石にこれで」

「もう一声！」

「…………………」

「うん、たぶん良い感じっ！」

……いやこれ、めちゃくちゃガッツリ抱きしめちゃってるんだけど大丈夫⁉　ウォータースライダーとか以前に、その、絵面とか……！

♥　　♥　　♥

おっひゃぁぁぁぁぁぁぁぁぁぁ⁉

秀くんの力強さが！　ダイレクトに！　厚い胸板が！　密着！　している！

でも仕方ないよねー。水中分解しないためだし？　あー、仕方ないなー……にゅふっ。

人によってはちょっと乱暴に感じるくらいかもな強さだけど、私はむしろこれくらいが好きっ！　なんか、「俺のモノ！」って全身で主張してくれてるみたいだもーんっ！

いくら凄《すご》いウォータースライダーって言っても、この状態じゃ秀くんの方に気を取られてちゃんと楽しめないかもねーっ？

「それじゃいくよ？　せー、のっ」

掛け声と共にバーから手を離すと、瞬く間に身体が加速していく。とはいえ……。

「触れ込みの割には、こんなもん？　って感じではあるよねー」

「いや待て、一葉と瑛太もこの辺りまでは余裕そうだっ……たぁ!?」

開始から数秒、グンと急激に加速度が増した。

「うぉぉぉぉぉぉぉぉぉぉぉぉぉぉぉぉ!?」

「ひゅうううううううううううううっ！」

叫ぶ秀くんと、歓声を上げる私。

「あはははははははははーっ！　まだ速くなるんだっ！　水の勢いもめちゃめちゃ激しいし、なんも見えないし、こんなの私たち氾濫した川を流される小枝じゃーんっ！」

「例えの割には楽しそうだな……！」

「めーっちゃ楽しーっ！」

「昔から、ホラーは苦手なのに絶叫系は得意だったもんな……」

「物理の恐怖はエンタメだもーん！」

「ホラーもエンタメなんだが……」

「それより秀くん、浮き輪の角度を調整したら多少は姿勢を制御できたりしないっ？」

「よしきた……！　……んんっ⁉　いやダメだ！　気付いてなかったけど、いつの間にか浮き輪隊員とはぐれてる……！」

「あはっ、じゃあ残る隊員だけでどうにかしないとだっ」

「そういうこと……！　でも、二人の動きを合わせれば多少はいけると思う！」

「よし、次右、あっ、もう左、また左……！」

「いちいち口に出してたら間に合わないから、お互いの判断で合わせよう！」

「承知！」

「……おっ？」

「……おぉっ？」

「なんかこれ……」

「いけそう……だよねっ？」

「よっしゃ、もう一息！」

「よいしょー！」

『お……おおぉっ！』

「俺たちは今、水に流されてるんじゃない……！」

「水を……『支配』したねっ！」

濁流の中を自在に駆ける爽快感ったら……！　これ、ハマっちゃいそー！

私たちは、最高のテンションで……！

「はははははははははっ！」

「あはははははははははっ！」

ゴール！　スライダーを飛び出して、ドボン！　と勢いよくプールに飛び込んだ。

ひゅーっ、解放かーん！

心なしか、胸の辺りもいつもよりスッキリしてるような気が…………んんっ？

♠　♠　♠

いやぁ、思ってたよりずっと楽しかったなぁ。

でも、それも唯華とだからこそ……って、いつまで抱きしめてるんだ俺は！

すぐに手を放し……た、ところで気付く。少し離れると、つい視線が引き寄せられてしまった背中に……あるべき『ヒモ』が、見当たらなくないか？　それどころか……。

「唯華、こっち向いて！」

「ふぇっ⁉」

俺は咄嗟《とっさ》に目を瞑《つぶ》って唯華を半回転させ、さっきみたいにキツく抱き締めた。

――ふにょん

これでどうにか、周囲から見えちゃうことはないはずふにょん？

俺の胸の少し下辺りに当たる柔らかい感触に……俺は、己のやらかしを悟った。

♥　♥　♥

「っ、ごめっ……！」

「待って待って、今離れないで！」

咄嗟にって感じで離れようとする秀くんを、慌てて抱き締め返す。

今離れられたら、ホントに見えちゃうからぁ……！

……『生』で押し付けてる現状と、どっちがマシなのかは若干議論の余地がある気もするけど……！　ねぇ、大丈夫⁉　これ、傍《はた》から見たら痴女の所業じゃない⁉

耳まで真っ赤に染まっちゃってるのが自分でわかるし、流石《さすが》の私もこの状況を楽しむとかそんな余裕はない……！　……ちょっとしか。いや、言ってる場合か！

「その……ありがと……今は、これがベストな体勢だと思うから……」

「や、咄嗟にやっちゃったけど、普通に唯華が腕で隠せば良い話なのでは……!?」

「結局……付ける時に、両手が必要なので……」

「あっ、そう……なの？」

まぁ片手でやるのも不可能ではないけど、両手を使うより時間はかかる。幸いにして、現在周囲に人はいない。瑛太と一葉ちゃんも、もう上がってるみたいだし。けど……逆に言えば、人の目のない今のうちに最速で復旧する必要があった。

……いや本当に、今回ばかりは現実的に考えてこれがベストな選択だから。私がこうしてたいとかそういうことは……ほんのちょっとだけしか、ないから！

「あの……スライダーの中で外れちゃったみたいで……」

「大丈夫わかってるから！　状況確認！　周囲にターゲットの姿は!?」

言われて、周囲の水面を確認してみれば……。

「あっ！　あった！　すぐそこに浮いてる！」

「では、迅速に捕獲されたし……！」

「了解……！」

手を伸ばして、水面に浮いてる水着を手に取って。

「……ターゲット、捕獲完了っ！」

「了解、迅速に処理されたし……！」

「それなんだけど……あの……流石に、この状態じゃ付けられないので……なんというかこう、程よく離れてもらえると……」

「……んんっ⁉」

♠　♠　♠

程よく……程よく⁉　それって、どれくらい……いや待て、時間が経《た》つ程に唯華のリスクは上がっていく。ここは、とりあえず……。

「じゃあちょっとずつ離れていくから、程よいところでストップって言ってくれ……！」

「りょ、了解……」

返事を受けて、俺は目を瞑ったまま慎重に慎重に距離を空けていく。

「スト……あっ、ごめんまだ全然無理……ス……ス……ス……ストォップ！」

という唯華の声で、ピタリと身体を静止させた。

柔らかい感触はほとんどなくなり、残ったのは……いや余計なことを考えるな！

こういう時に頼りになるのが、般若心経《はんにゃしんぎょう》！　仏説摩訶般若……般若……いや何だっけ!?

じゃ、じゃあ素数！　素数を数えよう！　１！　２！　３！　４！　５！　６！

「……終わったよ、ありがとう」

あっ、これただの整数だな？　と気付いた辺りで、胸元からそんな声。

恐る恐る目を開けると、とても申し訳なさそうな表情の唯華と視線が交錯する。

「あの……ホント、ごめんね……？」

「や、辛《つら》かったの唯華の方だし……そんな、謝ってもらうことなんて何も……」

なんて、ぽしょぽしょ小声を交わし合っていたところに。

「どばっはぁぁぁぁぁぁぁぁぁぁ！」

「やんっ♡」

ウォータースライダーから高橋さんと華音ちゃんがスポンと飛び出してきて、俺たちは

二人してちょっとビクッとなった。

「ぶはぁ……！　なるほどこういう感じですかぁ……！　拷問器具の中ではマシな方、と

いう前評判に違《たが》わぬスリリングさでしたぁ……！」

ずっと気になってるんだけど、これの前評判普通にディスりにきてない……？

「はぁっ、三途《さんず》の川の向こうでお祖母様《ばあさま》が手招きしてたぁっ……あっ、お祖母様死んでないっ。じゃあじゃあ、お祖母様……私を、助けてくれたのっ？」

そう言う割には華音ちゃん、だいぶ余裕のある感じで飛び出してきてたような……。

「あっ、お姉たちもまだここにいたんだっ？　……って、あれっ？」

俺たちの方を見て、華音ちゃんは首を捻《ひね》った。

「なーんか二人共ぉ、やけに赤くないですかぁ？　これはぁ、まさかまさかのー？」

と、ニンマリ笑う。

「スライダーの中でぇ？　エッチなこと、しちゃったとかっ？」

『してませんっ！』

俺と唯華の叫びが重なった。

「絶対してないからね⁉　……スライダーの中では」

あの……唯華さん？　小声で付け加えちゃうと、スライダーの外では何かエッチなことをしていたように聞こえてしまうかもしれませんよ……？　いやまぁ俺としても、「エッチなことなど何もなかった」と胸を張って言えるかといえばアレがソレなんだけど……。

「ナカではシてないもん……ナカでは……」

あの唯華さん⁉　それだと、現実に起こったことよりもっとヤバいことをシていたように聞こえちゃう気がするのですが……!?

◆　◆　◆

「ふーん、何もなかったんだー?」

なんて、白々しく言いつつも。

勿論《もちろん》犯人はこの私、じれったい推しカプをやらしい雰囲気にしたくてたまらないオタクこと烏丸華音……だと思った? 残念、今回はなんと違いまーすっ。

二人の感じから、スライダーの中でお姉の水着が外れちゃった、とかだと思うけど……そんなラッキースケベイベント、誰の意思も介在せず自然に発生することあるんだねー?

にひっ。思わぬところで今日も事後の二人を見れて、私も大満足でーすっ♡

♥　♥　♥

あぁもう最近の私、やらかしすぎじゃない……!?

別に、気を抜いてるつもりはないんだけどなぁ……いや、よく考えたらそうでもない気もするな? さっきだって、スライダーの中じゃ水着のことなんて完全に意識になかったし。いつ外れたのかさえわからな……んんっ? てことは、場合によっては私……結構長い間、その……『丸出し』で秀くんに抱きしめられてた可能性もある、ってことだよね!?

おごぁ!? そんなの、もうほぼ『本番』じゃん! ホント、何やってんの私ぃ!

い、いや待て、こういう時こそポジティブシンキング。今回一段階恥ずかしさの実績を解除したことで、『本番』での恥ずかしさが多少は軽減される可能性が……ない、と言えなくもない。そう考えると、少しはポジティブな気分になれ……なれ……なれ!

……まったく、これっていうのもさぁ。

秀くんと遊ぶと楽しくて楽しくて、それだけで頭がいっぱいになる。

秀くんが隣にいると、秀くんだけで胸がいっぱいになる。

だから、どんどんやらかしが増えちゃってるのかも。

だって……毎日毎時毎分毎秒、もっと好きになっちゃってるんだから。

こんな私にしてくれちゃった責任……秀くんは、取ってくれるのかなっ?

♠　♠　♠

♠　♠　♠

結局あの『事件』の後も、プールで一日遊び倒し。

「はーっ、目一杯遊んだーっ」

「流石にクタクタだな……」

帰ってきた俺たちは、心地良い疲労感と共にソファへと身を投げ出していた。

「あっ、そうだっ」

ふと、唯華が何かを思いついた様子。

「秀くん、マッサージしてあげるねー。運動後は、疲労物質が停滞しないようにマッサージでリンパや血液の流れを促進させるのが良いんだよっ」

「や、いいよそんな。唯華だって疲れてるだろ？」

「だから私がやった後は、秀くんも私にやって？」

「それならまぁ……」

と、一瞬納得してしまったけど。

あれ……？　これ、ホントに大丈夫なやつか……？

「私のやり方、見といてねー。まずは、足からっ」

唯華はスッと跪《ひざまず》くと、俺の右足を持ち上げた。そして、足の裏を指で揉《も》んでいく。足の裏の次は、ふくらはぎ……と、この辺りまでは良いんだけども。

「次、太ももねー」

これ……俺も唯華に、やるんだよな……？

い、いやしかし、これは医療行為の一種……邪《よこしま》な考えを抱くんじゃない……！

「次、上半身ー」

俺が密《ひそ》かに煩悩と戦っている間にも、唯華は手際よくマッサージを施してくれて。

「はいっ、完了っと！」

程なく、一通り終えてポンと手を打つ。

「それじゃ次、私もお願いねー」

そして、唯華は特に思うところもなさそうな顔でソファに身を預けた。

受けたからには、返さなければいけない。ただそれだけのことであり、何もやましいことなどない……などと、俺は自分自身への謎の言い訳を脳内で繰り返しながら。

「……それじゃ、足の裏からな」

「はいはーい、よろしくー」

ぷらんと投げ出された唯華の足に、そっと触れる。

……なんかこの時点で、何やらいけないことをしている気分になってしまうけれど。心頭滅却し、唯華の足の裏に指を当て少し力を込める……と。

「あははっ⁉　ちょっ、それじゃくすぐったいだけだからーっ。もっと力入れてっ」

「……了解」

下手に力を込めると、壊れてしまうんじゃないかって……勿論、そんなはずはないって
わかってはいるのだけれど。少し、躊躇《ちゅうちょ》してしまった。

とはいえ、ちゃんと力を込めないとマッサージにならないもんな……。

「んっ、良い感じ……！」

ちょっとずつ力を強めていくと、唯華にもご満足いただけたようだ。

続けて、ふくらはぎ。俺のより幾分柔らかいそこの筋肉を揉みほぐしていく。

そして……太もも。流石に触れるのは躊躇して、そっと視線を上げると。

「？　どうかした？」

何も問題ありません、って顔の唯華と目が合った。

「……や、なんでも」

そう……実際、問題なんて何もない。これは、あくまでマッサージなんだから。変なこ
とを考えるから、変な感じになってしまうんだ。決していやらしい触れ方にはならないよ
う、俺はしっかり力を込めてしなやかな筋肉を揉みほぐしていく。

「んっ……気持ち良いっ……」

たとえ唯華の声が妙に艶《なま》めかしく聞こえるような気がしたとしても、いやらしいことな
ど一ミリもないのである……たぶん。

「じゃあ次、上半身な」

一通り太ももを揉みほぐした後、俺はちょっとホッとした気分で唯華の背後に回る。

勿論唯華に触れるのはどこにだって緊張するけれど、デリケートゾーンに近いところよりは幾分マシだろう……なんて思いながら唯華の肩、続けて二の腕を揉んでいると。

「そういえば二の腕ってさー」

唯華が、何気ない調子で切り出してくる。

「おっぱいと同じくらいの柔らかさ、って言うじゃない？」

「ごふっ⁉」

こんな時に何の話だ……⁉

いや、こんな時だからこその話題ではあるんだろうけども……！

「どう？　同じ、かなっ？」

例の件について、自ら触れてくスタイルですか……⁉

♥　♥　♥

はい、昼はやらかしました。

とても反省していますし、再発防止に努めます。

が……！　それはそれとして、使えるものは使っていく……！　感触がまだ記憶に残っているだろう今のうちに反芻《はんすう》してもらい、ドキドキさせちゃいましょう！

……ドキドキ、ちょっとくらいはしてくれるよね？

「それとも……こっちも、もっかい触んないと思い出せないかなーっ？」

「い、いや、そんなことは……！」

私が自分の胸をちょっと持ち上げると、秀くんは露骨に動揺した様子を見せる。

「えっと……結構違う、というか……二の腕の方が鍛えられてる感じがするというか……幾分硬い感触かと存じますが……」

だけど真面目に答えてくれるところが、ホントに真摯だよねー。

そういうとこ……大好きっ！

「ふーん？　やっぱり……『こっち』の感触も、ちゃーんと覚えてるんだっ？」

「すみません……流石《さすが》に、そう簡単には記憶から消えてくれず……」

私は、あくまでイタズラ中ですって顔を継続する……けども。

「別に、謝ることなんで何もないでしょ？　私のやらかしなんだしさ。ホントごめんねー、粗末なモノを押し付けちゃってー」

「いえ……その……何と申しますか……粗末などということはなく……大変……ご立派、

ではあらせられたと……存じはしますけども……」

それはそれとして……昼のやらかしが鮮明に甦《よみがえ》って私もめちゃくちゃ恥ずかしい、この自爆スタイル……！　か、顔から火が出そう……！

♠　♠　♠

「ふふっ、そうだった。秀くんの、好きなサイズだもんねーっ？」

「……まぁ……はい」

唯華は、いつも通りイタズラっぽい笑みを浮かべながら俺をからかってくる。

本当に、いつも通り……子供の頃と、変わりなく。仮にも男を相手にしてんだってもうちょい意識してくれって、何度言っても無駄なのかもしれないな……。

きっと、唯華にとって俺は『異性』の枠じゃないんだろうから。

性別を超えた『親友』として見なしてくれているというのは、本当に心から嬉《うれ》しい。

それは、本心からのこと……なのに。

一緒に過ごすうちに、どんどん欲が出てきてしまう。

もっと、唯華を見ていたい。

もっと、唯華に触れていたい。

もっと、俺のことを見てほしい。

もっと……違う感情も、向けてほしい。

俺は、ずっと誤魔化してきた。

自分の気持ちを、これは違うからとか、相手のは違うから、とか。

今の関係が壊れるのを恐れて。

勿論《もちろん》、今だってそれは凄《すご》く怖い。

ずっとこのままでいいじゃないか、って日和《ひよ》ってる自分もいるのは確かだった。

だって、今が凄く……この上なく、楽しい日々なんだから。

でも……願わくば。

唯華にも、俺と同じ気持ちを抱いて貰《もら》えれば最高だ。

だから……これからは、少しずつでも行動してみようと思う。プールで俺が華音ちゃんに宣言したあの言葉は、彼女に諦めてもらうための方便……なんて、わけはなくて。

俺は、唯華のことが好きだから。

第3章　文化祭に臨む姿勢は

とある夜。

「秀《しゅう》くん、入っていいー？」

自室で勉強してたところ、そんな声と共にドアがノックされた。

「あぁ、大丈夫だよ」

「お邪魔しまーす」

俺の返事を受けて、唯華《ゆいか》が中に入ってくる。

「これ、続きも借りていーい？」

と、唯華が自身の顔の横に持ってきたのはさっき俺が貸した漫画の一巻だ。

「全巻そこにあるから、好きに持っていってくれていいよ」

「りょーかーい」

本棚を指差すと、唯華はおどけて敬礼のポーズを取って本棚へと歩み寄る。

「気に入ってくれた感じかな？」

「ドはまりの予感！　ていうか、一巻の時点でこの展開はヤバすぎでしょ！」

「ははっ、それな」

人にオススメしたものを気に入ってもらえると、こっちまで嬉しくなるよな。

特に……好きな人が、相手なら。同じものを、好きになってくれたんだって……嬉しいけれど、なんだか胸がちょっとむず痒《がゆ》いような気分にもなってしまう。

「よっ、っと……むむっ……」

って、しまったな。件《くだん》のマンガを並べてあるのは、本棚の一番上。唯華の身長じゃ、ちょっと取るのがしんどそうだ。

「ほい、これ」

唯華の後ろに立って、続刊一式を抜き出して差し出す……ついでに。

ふと、思いついたことがあって。

ちょっと、実行してみることにする。

♥　　♥　　♥

「ありがとねーっ」

漫画を取ってくれた秀くんに、顔だけ振り返ってお礼を言う。

すぐ後ろに立ってるもんだから、それだけでちょっとドキドキしちゃうよねっ……！

まぁでも秀くんのことだから、このドキドキイベントもどうせすぐに……。

「一巻時点だと、どのキャラが一番お気に入り？」

……んんっ⁉

えっ、この体勢のままで話すの⁉

「……私的にはこの、最後に登場したライバルっぽい子が気になるかもー」

「ははっ、いかにも唯華好みのビジュアルだもんなー」

声に動揺を乗せないよう、気をつけながら会話する……けども。秀くんは本棚に肘をついて、私の手元にある漫画を覗《のぞ》き込んでいて……ほぼ、密着状態で。

これはいわゆる、壁ドンというやつでは……⁉　えっえっ、何これ何これボーナスタイム⁉　私、なんか知らない間にイベント発生条件満たした感じなのっ⁉

「そーそーっ！　わっ、二巻の表紙その子じゃん！　絶対大活躍するやつーっ！」

私も、漫画に視線を落とす……ことで、赤くなってきてるだろう顔を誤魔化した。

「ネタバレになるから具体的な言及は避けるけど……二巻も、お楽しみに」

「わーっ、超気になるーっ」

せ、背中越しで良かった……！　正面からの壁ドンにも憧れるけど、今の私の耐久力じゃ絶対真っ赤になっちゃうの回避出来ないもん……！

……にしても、秀くんったらさー。こんなこと、平気でしちゃうのは……やっぱり、私のこと異性として意識してないからだよねー？

勿論女の子として大切に扱ってくれてるのはわかってるし、ドキドキしてくれることもあるとは思うけど……それはあくまで、男の子としての正常な反応でしかないというか？

なーんか、ここらでさー。秀くんの意識が、ガラッと変わってくれるような？

劇的なイベントでも、起こってくれないかなー？

なんて。そんな私にばっかり都合の良い展開、あるわけないよねー。

♠　♠　♠

唯華が漫画に目を落としてくれていて、助かった。

「ちなみに横に並んでるのは外伝だけど、それも一緒に持ってくか？」

「へー、そうなんだ？　タイトル違うから気付かなかった……って、あれっ？　表紙を見る限り、もしかしてこっちはライバルくんが主人公な感じっ？」

「そうそう、彼の過去編を描いたスピンオフ」

「絶対読まないとなやつじゃんっ」

「ちょっと本編のネタバレもあるから、順番にな」

「オッケーでーっす」

きっと今の俺の顔は、真っ赤に染まっているだろうから。

戯れに……いわゆる『壁ドン』なんてのを、試してみたわけだけど。

慣れないことはするもんじゃないな……現在進行系で、めちゃめちゃ恥ずかしい。

それに……。

「そうだ、秀くんって少女漫画もアリだったよね？」

「あぁ、全然読むよ」

「じゃあねじゃあね、私からもオススメがあるのっ！　昨日見つけたやつなんだけど、なんでまだ話題になってるのかわからないくらいでーっ」

やっぱこのくらいじゃ、異性として意識してなんてくれないよな……と心中で反省する。

流石にちょっと、浅知恵過ぎた。そもそも俺からここまで近づくのがレアなだけで、唯華はこのくらいの距離まで平気で近づいてくるわけだし……。

俺と唯華の絆《きずな》は、強固なものだと自負している。

でも……強固すぎて、別の形に変わるのはきっと難しいんだろう。

だったら……唯華の意識が変わってくれる、きっかけとなるような。

もっと大きな、『何か』が必要なのかもしれない。

♠　♠

♠　♠

♠　♠

二学期が始まって、数日。

「それでは、今日のＨＲではまず文化祭実行委員を二人決めたいと思います」

教壇に立って仕切る白鳥《しらとり》さんは、ちょっと緊張の面持ちだ。

文化祭実行委員というこの役割。あっさり決まることもあれば、下手をすると押し付け合いのような形にもなりかねないので無理はない。

そして……実は、俺もちょっと緊張している。

「立候補を募りますが、どなたかいらっしゃいますかー？」

問いかけに、シンと教室が静まり返る中。

「はい」

俺は、一拍置いて挙手する……と、教室内の半分くらいから意外そうな目を向けられた。

唯華に瑛太《えいた》、白鳥さんや天海《あまみ》さんなんかは「なるほどな？」という視線だ。高橋《たかはし》さんはなぜかニヤリと笑って親指を立ててくるけど、どういう感情なのかはよくわからない。

「近衛《このえ》くんが……？」

「俺、近衛くんと一緒のクラスになって三年目だけど……近衛くんがこういう場面で手ぇ挙げるの、初めて見たような気がするわ……」

「私は六年……」

「僕は十二年……」

という感じなので、驚く人が多いのも無理はない。

俺はこれまで、行事という行事の尽《ことごと》くを最低限度の参加に留《とど》めてほぼ関わってこなかった。文化祭実行委員への立候補など、以《もっ》ての外である。

ではなぜ、今年に限って……というと。俺は、前の席の唯華にチラリと視線を向ける。

小さく微笑《ほほえ》む唯華は、俺の考えることなんてお見通しって表情だ。

一学期は、唯華のおかげで去年までと打って変わって楽しい学校生活だった。きっとこのままでも、すごく楽しい二学期になることだろう。

でも、それだけじゃなくて……俺自身、新しいことにチャレンジしてみようと思ったんだ。それに、同級生の皆へのこれまでの埋め合わせ……には、到底足りないだろうけど。せめて、最後の年くらいは積極的に色々と引き受けようとも。

……あとは、もう一つ。

至極個人的な目的も、あるけれど。

「立候補、ありがとうございます。それでは、一人目は近衛くんにお願いしますね」

「はい、お引き受け致します」

ちょっとホッとした表情の白鳥さんに、立ち上がって返すと周囲から拍手が。

……なんか、妙に照れくさいな。

「もうお一方、誰か立候補はいませんかー？」

そして白鳥さんが続けると、またもシンと静まり返った。

「くっ……！　本来なら私が立候補したいところですが、今年はステージで命を燃やし尽くすとメンバーと誓った身……！　最後の文化祭、実行委員となり文化祭を陰から牛耳るのと最後まで迷ってはいたのですが……！」

なお、一部を除く。高橋さんは、なんかそういう感じらしい。ちなみに、当然ながら文化祭実行委員にそこまでの権限はない。

ともあれ……高橋さんに限らず、部活の出し物やら個人のステージなんかに注力したい人も多いだろう。外部受験組なら、それこそやってる場合じゃない人も多い。ただでさえハードルが高い上に、俺が相方ともなれば尚更《なおさら》だ。

そのまましばらく、お互い牽制《けんせい》し合うような沈黙が続いて。

「じゃあ、私がやってもいいですか？」

唯華が、スッと手を挙げた。

他にやる人がいないなら……という印象を持たれるタイミングを狙ってたんだろう。

「立候補、ありがとうございます。では烏丸《からすま》さん、お願いしますね」

「はーいっ、どもどもっ」

立ち上がった唯華にも拍手が送られ、俺と違って唯華は愛想よくそれに応えている。

「まずは今日の放課後、生徒会との最初の打ち合わせがあるのでお願いしますね」

『はいっ』

白鳥さんの言葉に、俺と唯華が同時に頷《うなず》いた。ウチの文化祭は、生徒会主導の下で各クラスの実行委員たちと協同で運営される。まずは本日、初顔合わせってわけだ。

「あれですねっ？　漫画でよくある、幹部がドンッと一堂に会するやつ！　憧れの場面ーっ！　あぁ、やっぱり私も立候補すれば良かったかもですーっ！」

なお、たぶんだけど高橋さんが言うようなやつではない。

♥　♥　♥

そして、放課後。

指定の会議室に入ると、既にもうほとんどのメンバーは集まっているようで。

「あっ、秀一《しゅういち》センパイだっ！」

そんな声に、迎えられた。

そして、バッと飛び出してきた華音《かのん》が例によって秀くんの腕に抱きつく。

ぐぬぬ……！　この場じゃ、私が下手に注意出来ないのを良いことに……！

「こんなとこで会うなんてっ！　これってこれって、運命じゃないですかっ？」

「転校早々、実行委員に立候補したんだ？　凄《すご》いね？」

「皆と関われる係ですし、文化祭を通じて早く仲良くなれたらなって思いましてっ」

アプローチをスルーされても気にした様子はなく、華音は立候補した理由をそう説明する。この子のことだから、本心からそう思ってるんだろう。表面上は愛想よくしながらも壁を作りがちな私と違って、本物の陽キャってやつだからね……。

「ねぇねぇ秀一センパイっ！　文化祭当日、一緒に回りませんかっ？　私、いーっぱいサービスしちゃいますよっ？」

「いかがわしいお店の客引きみたいな言い方はやめようね」

「あっ、もっちろん秀一センパイだったらぁ？　や〜らしいオプションだって、ぜーんぶ無料でっす！　お持ち帰りだって、オッケー♡」

「完全にアウトになったね」

「ちょっと華音、公衆の面前で変なこと言わないの！」

流石《さすが》に看過出来なくなって、私も口を挟む。

「オッケーっ。じゃあ、次は秀一センパイと二人だけの時に言うねっ」

「それもダメに決まってるでしょ……！」

「あなたたち」

だいぶ場が乱れてきたところで、どこか冷たくも聞こえる声が静かに室内に響いた。

目を向けると、声の主は会議室の一番奥。その、中央の席に座っている人物だった。

今期の生徒会長、確か……二年の、財前沙雪《ざいぜんさゆき》さん。ミディアムの黒髪は、彼女の性格を表しているかのように乱れの一つもない。スクエア型の縁無しメガネの向こうから、理知的な瞳が私たちをジッと見つめていた。

「すみません、騒がしくしてしまって」

「すみません、妹がお騒がせして……！」

私と秀くんが同時に言って、頭を下げ……ようと、したところ。

「お二人は、お付き合いされているのですか？」

『……え？』

予想外の言葉に、揃《そろ》って動きを止めてしまった。

「腕を組んでいる、お二方のことです」

冗談なんて言いません、って感じのいかにもお硬い雰囲気のまま会長さんはそう続ける。

よく見ると、その視線は秀くんと華音に注がれているみたい。えーと……委員会内で付き合ってる人がいると風紀が乱れるとか、そういう話……かな？

「いいえ、付き合っているわけではありません」

私がそんなことを考えている中、秀くんがキッパリと断言する。

「絶賛、私の片思い中でっす！」

んんっ……！　事実ではあるんだろうけど、ややこしくなるから今そういうこと言わないで華音……！　一部の女子からは、黄色い歓声も上がってるけど……。

「ほぅ」

ほら、会長さん怒っちゃったじゃないっ。

怒っ……怒？

「それは、どのようなきっかけで？」

「前々から秀一センパイのお話だけは伺ってて、素敵な人なんだろうなーって思ったんですけどっ。実際に会ったら、やっぱりこの人が運命の人だなって思っちゃいましたっ♡」

「ふむ……それは、一目惚れ《ひとめぼ》とは違うのですか？」

いやこれ、もしかして……。

「まぁ実際、最初に一目見た瞬間ビビッと来たのは確かですけどもっ？」

「つまり、見た目が好きだと？」

「勿論《もちろん》それもありますけど、知れば知るほど内面もどんどん好きになってまーすっ」

「ほうほう」

ただ興味本位で聞いてるだけじゃない……？

「それで、近衛先輩」

キラン、と会長さんのメガネが光った……ような、気がした。

「彼女の気持ちは、オープンなようですが。応えないというのは……」

やっぱりこの人、普通にただの恋バナ大好き女子だよねぇ……！

……なんて、半笑いを浮かべていたところ。

「他に、想《おも》い人がいるからですか？」

続いた会長さんの言葉に、ザワリと胸が揺らいだ。

秀くんが華音に反応しないのは、妹として見ているから……だと、思っていたけれど。

思えば、こないだのプールで高橋さんの水着姿にもほとんど無反応だった。

それが、『他に好きな人がいるから』だとすれば。

今のところ、秀くんが唯一反応を示しているのは……それって、つまり……いやいや、あまりに少ないサンプル数で判断するのは早計が過ぎる。

……でも。秀くんに、親しい女の子なんてそんなにいないはずだしさ。

もし、好きな人がいるのなら。

それって、もしかして……。

「それは……」

どうなの!?　好きな人、いるの!?　いないの!?

「許嫁《いいなずけ》が、いるからですよ」

んんっ……！　事実ともそんなに相違ない無難な回答ぅ……！

「なるほど……それでは」

でも流石は秀くん、これは良い流れっ！　さぁ会長さん、華音に言ったげて！　許嫁がいる人に、あんまりベタベタすべきじゃないですよとかそういうことを！

「略奪愛ですねっ」

んんっ……！　むしろ煽《あお》らないでぇ……!?

会長さん、なんでキラキラした目でガッツポーズしてるのぉ……!?

「いいじゃんいいじゃん、奪っちゃいなよぉ」

「どうせ許嫁なんて、親同士が勝手に決めたものですよね？」

「今時は、ウチらも自由恋愛っしょ！」

会議室中の女子が、私の敵に回っている……！　いや、もちろん皆は秀くんの『許嫁』に当たるのが私だってことは知らないんだけどさぁ……！

んんっ、どうしようなこの雰囲気……！　ここで「そういうのよくないと思いますよ」とか言おうものなら、下手こくと空気読めない女扱いで今後の委員会活動に支障が出かねない……！　どうにかこの場を穏便に収める方法は……⁉

「すみません、皆さん」

おっと、秀くんに秘策アリ？

「僕にとって、許嫁は大切な人なので……彼女を裏切るようなことは、出来ません」

やだもう秀くんったら、こんな公衆の面前で……！　もっと言ってほし危なっ⁉　今私、完っ全に緩みきった顔してたよね⁉　このタイミングでこの表情の女なんて、それが『許嫁』で確定じゃん……！　皆の注目が秀くんと華音に集まってて良かったぁ……！

……ちなみに、その皆はといえば。秀くんの宣言に対してまた黄色い歓声を上げ、なら仕方ないよね派、好きな人だとは言ってないしワンチャンあんじゃね派、いっそ私と付き合いませんか派に分かれて議論が……ちょっと待って最後の何⁉　なんか、サラッとまたライバル増えてない!?　確かにさっきの秀くん、とっても格好良かったけどぉ……！

……って、言ってる場合じゃない。論調が分かれてカオスってる今がチャーンス！

「ところで会長さん、時間って大丈夫ですか？」

主張し過ぎず、モブKがふと気付きましたって感じで口にすると、会長さんはハッとした表情となって壁の時計を見た。現在、定刻をそこそこ過ぎた辺り。

「失礼、アイスブレイクが少々盛り上がり過ぎてしまいましたね」

あぁこれ、アイスブレイクだったんだ……確かに、初めて会ったはずのメンバーたちがもう馴染《なじ》み始めてるけど……でも、話題のチョイスは絶対に会長さんの趣味ですよね？

「それでは、改めまして。皆さん、お集まりいただきありがとうございます。本日は私、生徒会の財前が司会進行を務めさせていただきます。まずは、実行委員の皆さんに主にお願いしたことについてですが――」

メガネをクイッと上げ直して真面目モードになった会長さんは淀《よど》みなく、そしてわかりやすく説明を進めてくれた。

「続きまして、最初の議題は――」

そして、流石の切れ者っぷりで議論を纏《まと》めていく。

ふぅ……華音のせいで、一時はどうなることかと思ったじゃない……という気持ちを込めて華音にジト目を向けると、テヘペロッ☆　とウインクが返ってきた。

まったくもう……可愛《かわい》いんだからっ。

♠　♠　♠

基本は立候補制で集まってるメンバーだけあって、スムーズに議論は進行していく。

そして、本日最後の議題も……。

「それでは実行委員主催のイベントは、『ベストカップルコンテスト』に決定とします」

財前会長はホワイトボードに書かれた幾つものアイデアの中から、『ベストカップルコンテスト』の文字列をキュッと丸で囲んだ。

文化祭当日、メインステージでは各クラスや部活、個人申込みによる様々なイベントが行われる。毎年そのうち一枠は文化祭実行委員にも割り当てられており、今年の出し物も無事決まった。ちなみに、このアイデアの発案者は……。

「やたっ。皆さん、ご支持ありがとうございまーすっ」

パタパタと皆に手を振っている華音ちゃんだ。それに、財前会長が興味を示したのも大きかったかもしれない。勿論彼女の独断で決めたわけじゃなく、公平に議論して皆の合意の下に決まったものだけど……この人の趣味趣向は、俺にも有利に働くかもしれないな。

「それでは皆さん、本日はお疲れ様でした」

会長の号令で、解散の運びとなる。

三々五々、皆が散っていく中。

「秀くん、先帰ってるね」

そっと耳打ちしてくる唯華に、小さく頷いて返す。同じクラスの実行委員同士だし、この程度のやり取りじゃ殊更人目を引くようなこともなかった。

「秀一センパイっ、一緒に帰りましょーっ」

なお、華音ちゃんがまた腕に抱きついてきた際にはめちゃめちゃ人目を引いた。

「ごめん、ちょっと財前会長にお話があるんだ」

「えーっ？　私より、会長サンの方がいいのーっ？」

と、不満気に唇を尖《とが》らせる華音ちゃん。

「明日なら、一緒に帰れるからさ」

「ホントっ？　やたっ」

けど、代案を示すと一転して笑顔が戻った。約束する形にはなっちゃったけど、やむを得ない。ここで変に粘られて、財前会長に帰られちゃ元も子もないからな。そう……財前会長に話があるというのは、華音ちゃんに先に帰ってもらうための方便ではない。

「それじゃ秀一センパイ、また明日っ。楽しみにしてますねっ」

「うん、また明日」

笑顔でブンブン手を振る華音ちゃんに、小さく手を振り返す。

ごめんね、華音ちゃん……さっきの約束、『唯華と三人で』って意味なんだ……と、心の中で謝りながら。なんだかんだ三人で楽しく帰れると思うし、三人なら周囲から変に勘繰られることもないだろう……たぶん。

「さて、と」

改めて、財前会長の元へと向かう。

実行委員としての役割は果たし、ここからは俺個人の時間として使わせてもらう。

「失礼します、財前会長。ちょっとよろしいですか？　つかぬことを伺いますが──」

♠　♠　♠

その日の夜、自宅にて。

「実行委員、楽しかったねーっ」

「もっとお硬い場なのかと思ってたけど、ざっくばらんって感じだったよな」

今日の集まりについて、俺は唯華とそんな風に振り返っていた。

「やっぱ、会長さんが楽しい人なのが大きいよね」

「それな。雰囲気とのギャップもあって、冗談も冴《さ》え渡《わた》ってたし」

「実行委員主催のイベント、『ベストメガネスト選手権』を提案したりねー」

「……まぁあれ自体は、本気の目だったけどな」

「私メガネフェチなので、って大真面目な顔で言ってたしね……」

「まぁ、それはそれで面白そうな企画ではあったけど」

「だよねー、何審査するんだろー」

唯華と共に、クスリと笑いを漏らす。

「あっ、そうだ」

そこでふと、唯華は何かを思いついたような表情を浮かべた。

「クラスの方のやつなんだけどさー」

「何か気になることでも？」

本日のHRでは、あの後クラスでの出し物についても話し合った。皆から活発に意見も出てきたけれど、議論は円滑に進んで今日のうちに決定まで漕《こ》ぎつけられて。

協議結果は、『コスプレ喫茶』である。

「私、接客って初めてだからちょっと不安かもー」

「唯華なら問題ないと思うけど……」

愛想も良いし、コミュニケーション能力もかなり高い方だし。

というかそれを言うなら、むしろ問題がありそうなのは俺の方だろう。俺も、接客なんて初めてだし……営業スマイルの練習でもしとこうかな……。

「だから、一回練習させてくれないっ？」

「そういうことなら付き合うよ」

唯華の表情的に、本当に不安というよりは『そういう遊びをやってみたい』という気配を感じるけども。どっちにしろ、俺に否があるはずはない。

「じゃあ私接客やるから、秀くんお客さんやってね」

「はいよ」

なんか、コント漫才の入り方みたいだな……とかどうでもいいことを俺が思う中、唯華はコホンと咳払《せきばら》いした後にニコリと笑みを浮かべる。

「いらっしゃいませー、ご注文伺いまーす」

「ショートケーキセットをお願いします」

「セットのお飲み物は如何《いかが》致しますか？」

「アールグレイのストレートを、アイスで」

「かしこまりましたーっ」

注文を受けた唯華は、その場でクルリと一回転。

「お待たせ致しましたっ」

「ありがとうございます」

俺の前に何かを置く仕草を取る唯華に、軽く頭を下げる。

「お会計、お願いします」

「五百円でございまーす」

「はい、五百円」

「ありがとうございました、またのお越しをっ」

エア硬貨を手渡すと、唯華はしっかりとお辞儀して一通りやり取りは完了。

「ほら、何の問題もなかったろ？」

「うーん……」

スムーズな接客だったと思うけど、唯華は何やら不満顔だ。

「秀くん、不合格」

「客側が……!?」

どうやら、問題があるのは俺の方だったらしい。

「良いお客さん過ぎーっ。もっと厄介客をやってくれないと、練習にならないでしょ？」

「あぁ、そういうことね……」

まぁ、言わんとしていることはわかる。

「それじゃもう一回……いらっしゃいませー、ご注文伺いまーす」

厄介客、厄介客ねぇ……と、どんな風に演じるか考えて。

「……君を、お持ち帰りでっ♪」

瑛太の姿を想像しながら、チャラく言ってみる。なお奴《やつ》の名誉のため付け加えておくが、実際にはお店で迷惑行為を行うような男ではない。

ともあれ、俺のクソ客っぷりに対して唯華は……ニコリと微笑《ほほえ》んで。

「はいっ、喜んでーっ♪」

「喜んじゃったら駄目だろ……」

「だってわたくし、もうお客様のモノですしー？」

「俺の設定、俺自身のままなの……？」

ニンマリ笑う唯華に、俺の方は半笑いが漏れた。

「うーん……ていうかさー。なーんか、まだまだ刺激が足りないよねー？　次は、もうちょっとこう強引な感じでどうぞっ」

「なんか趣旨が変わってきてないか……？」

……まぁ、でも。これも、ある意味ではちょうど良い機会なのかもしれない。

「いらっしゃいませー、ご注文伺いまーす」

三度目の営業スマイルに対して、俺は……立ち上がって距離を詰め、左手を唯華の肩に添える。それから彼女の頰《ほお》にそっと手を当てて、間近で目を見つめながら。

「君を、食べちゃいたいな」

……言った瞬間、頰が熱を持ったのを自覚する。

台詞《せりふ》のチョイスから何から、恥ずかしすぎる……！

アプローチって、こういうことじゃないよなぁたぶん……！

「た……んふっ」

ほら、唯華も笑っちゃってる。

「それではお客様」

その笑みのまま、今度は唯華の方から更に距離を詰めてきた。

「ご注文承りましたので……今夜、ベッドでお待ちしておりますねっ？」

そして、俺の耳元でそっと囁《ささや》く。

「……すみませんでした」

どう返して良いかわからずとりあえず謝る俺。

「ふふっ、なんで謝るのー？」

唯華が笑った拍子に耳に吐息が当たって、ゾクリと背中に妙な感覚が走った。

ていうか単純に、距離が近い……！　ほとんど触れ合いそうな距離のまま唯華はなぜか離れることもなく、俺だけが無限に心音を高鳴らせていくのだった。

♥　♥　♥

っぶなぁ！　ギリ耐えれたぁ……！　いや実際には耐えれてない……！　今私、顔真っ赤になってるから秀くんから離れられない……！　でも、触れ合いそうな距離に秀くんがいるっていう状況に更にドキドキが高鳴っちゃうっていう無限ループ……！

だってもう秀くんに「君を食べちゃいたい」なんて言われたら……ノータイムで「食べちゃってっ♡」って言いそうになっちゃうでしょ！　ていうか、ちょっと出てたし！　はーもう秀くんったら、こないだの壁ドンといいなんだかちょっと確変入ってない……⁉

いっそ、今夜……ホントに来てくれたって、いいんだよっ？

そしたらそしたら……ひゃぁっ⁉　想像するだけで、もう……あっ、ダメだこれこのまじゃ永久にこのポジションから離れられない。

私的にはそれも望むところではあるけど、そろそろ秀くんから不審に思われちゃうかもだし心を落ち着けるために……仏説摩訶般若波羅蜜多心経観自在菩薩行深般若波羅蜜多時照見五蘊皆空度一切苦厄舎利子色不異空空不異色色即是空空即是色受想行識亦復如是舎利子是諸法空相不生不滅不垢不浄不増不減是故空中無色無受想行識無眼耳鼻舌身意……。

♠　♠　♠

♠　♠　♠

文化祭実行委員として活動する日々は、慌ただしく過ぎ去っていく。

「近衛くーん、採寸のために被服室を使いたいんで申請を……」

「うん、出してあるよ。はいこれ、鍵」

「おっ、流石《さすが》。仕事が早いね、ありがとーっ」

「スマン、近衛。ウチの班、ちょーっと進捗に遅れが出始めるかもしれない」

「早めに報告してくれてありがとう。何かあったのかな？」

「今日、伊達《だて》の奴が柔道部の練習試合で片足骨折したらしくって。力仕事系が出来そうにないんだよね。伊達の馬鹿力を前提に運用してたとこあったからさー」

「なるほど、そりゃ大変だ……瑛太！　向こうのヘルプに入ってもらっていいかっ？」

「はいはーい、こっちの引き継ぎは誰にすればいいんだい？」

「交代で伊達くんに入ってもらう。彼、足を骨折らしくって。そっちは座り仕事だろ？」

「了解でーす」

「サンキュー近衛くん、すぐに対応してくれて」

「それが俺の仕事だからね。引き続きよろしくお願いします」

「近衛っちー。装飾班、工程二十三まで終わった報告でーす」

「ありがとう、天海さん。凄《すご》いね、どんどん巻きで終わってる」

「近衛っちが余裕持ってスケジュール組んでくれてるかんねー。んで、このまま次の工程入っちゃっていい感じなの？」

「そうだな……それだと結局近いうちに小道具班待ちになっちゃうと思うから、自分たちのとこだけで完結する作業を繰り上げて進めといてくれる？」

「りょーかいでーす」

「近衛くん、私今から買い出し行ってくるんだけど。他の班で何か足りないものとかあれば、一緒に買って来るよ？　何かある？」

「ありがとう、助かるよ。烏丸さーん！　白鳥さんが買い出し行ってくれるんだけど、各班で不足してるもの、しそうなもののリストってすぐ出せそうかなー？」

「ガムテ一、マジック黒二、赤一、あと買い忘れてるのがさっき判明したんで、折り紙十セットお願いできると助かりまーす」

「はーい、メモメモっと……」

と、こんな感じである。一応小さい頃からリーダーとしての教育的なのは受けてきたんだけど、当然ながら実際にやるのとは大違いだ。痒《かゆ》いところに手が届く完璧な補佐をしてくれる唯華を筆頭に、優秀な皆に大いに助けられている。

「今のうちに、書類仕事片付けとくか……」

一旦報告や相談も途切れたところで、自分の作業に入る。

「烏丸さんって、もうどの衣装にするか決めたー？」

「うーん、この二つまで絞ったんだけどまだ迷っててー」

手を動かしながら、そんな会話を聞くともなしに聞く。唯華が何の衣装で迷っているのか、俺もまだ聞いてないけれど。唯華なら、何を着ても似合うんだろうなぁ……っと、いかんいかん。色々想像して、ちょっと頬が緩みそうになってしまった。

「迷っちゃうよねー。実際に着てから決めたいけど、そういうわけにもいかないしー」

「……あっ」

「うん？　どうかした？」

「や、衣装といえばね？　衣装レンタルの発注書、印刷するの忘れてたなって。ありがとね、思い出させてくれてっ」

「あはっ、ウチなんもしてないしー」

なんて会話が、引き続き耳に入ってきて。

「……？」

俺は内心、首を捻《ひね》っていた。衣装レンタルの発注書含め、書類は唯華が完璧に揃《そろ》えてくれている。なんでそんな、無意味な嘘《うそ》を……？　あえて自分のミスを晒《さら》すことで、親近感を持ってもらおうっていう処世術的なやつ……とか？

という、俺の小さな疑問は。

「近衛さん、今大丈夫ッスかー？」

「うん、大丈夫だよ。何かあった？」

「あったっつーか、なかったっつーか。用具入れの箒《ほうき》が一本減ってんスけどー」

「あちゃー、どっかのクラスのに紛れ込んじゃったか……ありがとう、各クラスに確認しとくよ。後はこっちで巻き取るから」

「あざーッス」

「近衛くん近衛くんっ！　聞いてくださいっ！」

「高橋さん……うん、何かな？」

「皆と話してて思い付いたんですが、店内にバルーンアートを飾るっていうのはどうでしょう！　あっ、バルーンアートっていうのは庶民の遊びで、風船を捻《ねじ》ったりして……」

「そこは知ってるから大丈夫だよ」

「やっぱり、今から追加となると厳しいですかねーっ？」

「……いや。バルーンならそんな予備費も食わないし、スケジュールにもかなり余裕がある。コンセプトに合わせればより店内の雰囲気が良くなるし、グッドアイディアだと思うよ。ただ今からとなると、習熟度の問題があるかもね。教えられる人がいればいいんだけど、動画とかを参考にすればいけるか……？」

「あっ、それなら私が！　めちゃくちゃ得意なんで、今から実際にやってみますね！」

「……まず、さっき思いついたのになんでスッと鞄《かばん》から風船と空気入れが出てくるの？」

「いっつも鞄に入れて持ち歩いてるんですよーっ。ふっ……とアイデアが降りてきたら、それをすぐ『作品』にするためにっ」

「なんかもう、このムーブの時点で任せていいような気がしてきたぞ……でも、高橋さんだしワンチャン……んんっ⁉」

「ここを、こうしてー……こうこうこう！　はいっ、完成です！　作品名、『人の業』」

「現代アート過ぎて何を表しているのかは全くわからないけど、物凄い技術なのは確かだ……！　高橋さん、今現在から君をバルーンアート班の指南役に任命します！　メンバーも、適役そうな人をすぐ選定するから！」

「何なら、私一人で全部作っても構いませんがっ？」

「すぐメンバーを集めるから、デザインから皆で話し合って協力して作ってね……！」

ってな感じで、忙しさで唯華の件は忘却の彼方《かなた》となっていくのだった。

「近衛さーん」

「はいはーい、順番に聞いていきまーす」

いやぁ、にしても忙しい。

忙しい……けれど。こんなにも文化祭準備期間が充実してるのなんて初めてだよなぁ。

♥　♥　♥

忙しそうで……だけど、とっても充実した顔の秀くんをそっと眺める。

最初はまだちょっとビクビクしてた人もいたクラスの皆だけど、今の秀くんはどんな時でも穏やかに話を聞いてくれるってもうわかってくれてて。秀くんは、今やすっかりクラスの中心って感じ。皆に囲まれてる光景が嬉《うれ》しくて、思わず頬が緩んじゃうよねっ。

……それから、もう一つ。さっき衣装について話してた時に思いついたイタズラのことを考えながら、密《ひそ》かにニンマリ笑う私なのだった。

♠　♠　♠

その日、俺が唯華より少し遅れて帰ると。

「お帰りなさいませ、ご主人さまっ」

メイドさんに、出迎えられた。突然現れた、押し掛けメイド……なんかではなく、勿論《もちろん》メイド服で身を包んだ唯華……なんだ、けど……。

「ねねっ。これ、どうかな？　似合うっ？」

その場でクルッと回る唯華。丈の長いスカートが、ふわりと舞い上がる。

「文化祭で着る衣装、これともう一つで迷ってたんだけどさー。そういえば個人的に注文してたやつが昨日届いてたのを思い出して、実際に着てみましたっ。自前のを持ってけばちょっとだけど予算も浮くし、これにしようかなって思って……ねぇ、秀くん？　なんでさっきから、真顔で黙ったままなの？」

……ハッ!?　いかんいかん……！

ちょっと不安げに、上目遣いに見つめてくる唯華が……さっきから、可愛《かわい》すぎる……！　衣装も似合いすぎてて、完全に見惚《みと》れてしまってた……！　そして、今になってめちゃめちゃドキドキしてきたんだが……！　ときめきで心臓が痛い……！

♥　♥　♥

「……ちょっとだけ待って」

　と、秀くんは顔を背けてなぜか腕で隠す。

「……文化祭の衣装、それじゃない方のやつがいいと思う」

　それから、絞り出すような声でそう言った。

「うーん、あんまり似合ってない感じかなー？」

「や、似合ってる！　マジで似合ってるんだけど、ほらコンセプト的に⁉　それだと似合いすぎてガチのメイドさん感が強くて、逆にコスプレ感が薄いかなって！」

「あっ、そういうこと？」

　さっきからずっとそんなこと考えてただなんて、相変わらず真面目なんだからっ。

「そういうことなら、ちょうどいいっていうか。実は、もう一つ用意してるのがあって」

　メイド服を注文するに当たって一葉《かずは》ちゃんに相談した時、「メイド服だけでは癖《ヘキ》が足りない可能性があります」って言われたから一緒に買ったやつを付けてみる。

「お帰りなさいだわんっ、ご主人さまっ！　わんわんっ！」

犬耳メイドさんとして、犬真似《まね》ポーズを取ってみた。

「これならコスプレ感もあるし、いいでしょっ？」

「……ダメ」

「えーっ、なんでー？」

一瞬確かにこっちに視線は向いたけど、秀くんはやっぱり顔を逸《そ》らしたまま。

「反則だから……」

「えっ？　カチューシャ禁止とか、そんな規則あったっけ……？」

「そういうわけじゃないんだけど……とにかく、それはダメ……」

うーん、なーんか秀くんらしくないっていうか……頑《かたく》なな割に、説明が雑だよねぇ？

「いや真面目な話、ダメならダメで理由を教えてくれないと納得しかねるんだけど？」

「…………………同じ」

私が詳細を求めると、秀くんはこれまで以上に絞り出すような小声でそう言うけれど。

「同じ？　同じって、何が？」

やっぱり、その説明でも何のことかさっぱりだった。

「旅行の時の……水着と、同じ……」

「……あっ」

でも、そこまで言われて私もようやく理解する。

秀くんが言ってるのは、新婚旅行で私の水着姿を「他の人に見せたくない」って言ってくれた時のこと。メイド服は全然露出がない衣装だから、すぐには結び付かなかったけど……今回も、そういうことだったんだーっ？

あっ、わかった！　『反則』っていうの、さてはメイド服×犬耳が秀くんの『好きなモノ』×『好きなモノ』だから威力が高すぎて反則ってことでしょー？　ふふっ……犬好きの秀くんだけど、犬耳も好きなんだー？　発見発見っ♪

「わかった、文化祭ではもう一つのにするねっ♪」

「……ん、ありがと」

小さく頷《うなず》く秀くんだけど、よく見ると腕の向こうに見えるその耳は真っ赤に染まっていた。私は、ニンマリ笑ってそこにそっと唇を寄せる。

「こっちのは」

元々、秀くんに見せるために買った衣装なんだし？

「秀くんだけに見せてあげる、特別なやつねっ♪」

そっと耳元で囁《ささや》くと、秀くんはピクッと震えて。

「…………はい」

少しの沈黙の後で、掠《かす》れる声と一緒にもう一度……さっきより、ちょっとだけ大きく頷いた。ふふっ、コスプレ一つでこんなになっちゃうなんて。ホント、可愛いんだからっ。

私は秀くんが望んでくれるなら、いつだって、なんだって着てあげるんだからねっ♪

♠　♠　♠

あーもう、顔が熱い。

なのに……つい、チラチラ見てしまうから一向に心臓が落ち着く気配がなかった。ホント、反則だ……『好きなモノ』×『好きなモノ』×『好きなモノ』なんてさぁ……。

♠　♠　♠

♠　♠　♠

そんな出来事があってから、数日後。

「財前会長、ウチのクラスについてのご報告は以上です」

「ありがとうございます、近衛先輩。非常に順調なようで、流石ですね」

「皆が優秀なので。俺なんて、ただのカカシですよ」

「ふふっ、ご謙遜を」

生徒会室で二人、俺と財前会長はそんな会話を交わす。

最初の頃に比べれば、お互い随分砕けた態度になってきていると言えよう。

「それで会長、例の件については？」

「こちらも順調に進んでいますよ。無事、屋上についても許可を取り付けました」

俺の質問に、財前会長はニヤリと笑った。

「あとは、ゲリラ的に実行して構わないでしょう。問題が生じるとすれば、文化部の部長さん方への『お願い』ですが……首尾はいかがですか？」

「全て完了しました。特段揉《も》めることもなく、皆さん快くご承諾いただきましたよ」

「それは何より。近衛先輩にご担当いただいたのも効いているのかもしれませんね。ふふっ、去年までの近衛先輩は敵対すると何をされるかわからないって噂《うわさ》でしたもの」

「敵対者を潰したとか、そんな実績一個もないんですけどね……」

思わず苦笑が漏れる。

「実際にお会いしたら思ったより愉快な方で、安心しましたよ」

「まぁ俺自身、こんなに自分が変わるとは思っていませんでした」

早くも去年までの自分がちょっと黒歴史と化しつつある俺である。

「……時に、近衛先輩」

ふと、財前会長が表情を改めた。

「この件、本当に……文化祭を盛り上げるためだけに、わざわざ？」

「……違います。財前会長を利用する形になってしまって、申し訳ないですけど」

「私自身の判断で始めたことですので、それは構いませんが……では、その真意は？」

どこか試すような財前会長の質問に、俺は。

「決まってるじゃないですか」

流石《さすが》に恥ずかしくて、苦笑気味に頬《ほお》を掻きながら――

♠　♠　♠

財前会長との会話を終えて、教室に戻る。本日のウチのクラスの作業は全て完了しており、中には誰もいない……と、思っていたら。

「おっかえりー」

「！」

窓際に立っている唯華に出迎えられて、少しだけ驚いた。

「もしかして、待っててくれたのか？　先に帰っててくれてよかったのに」

「やー、一応同じ実行委員としてそれもどうかと思ってねー」

「そんなの気にしなくても……」

「ていうか、秀くんもマメだよねー。デイリーで会長さんに報告なんて」

「……こういうのは、後になって問題が発覚する程に手戻りが大きくなるからさ」

露骨な話題逸らしではあったけど、乗っておくことにする。

正直に言えば……俺だって、待ってくれていて嬉しい気持ちもあったから。

……にしても、夜の教室に二人きりっていうのもなんだかちょっと不思議な気分だ。

俺も唯華も部活には所属してないので、この時間まで学校に残るってこと自体が今まで
なかった。いつもなら家で一緒にいる時間だけれど……それともまた違って。

窓の外はもう真っ暗で、静まり返る教室内は昼間より少し寂しく感じられる。

だけどまだ作業しているクラスもあって、少し遠くから楽しげな声も届いていた。

どこか現実離れしたような、夢の中みたいなフワフワしたような雰囲気。

「それで？　本日のご報告には、何か問題とかあった？」

「あぁ、うん……コスプレ衣装について、ちょっとだけ注意事項が」

「ほんほん」

書類をヒラヒラさせながら、自席に向かう。

俺が椅子に座ると、唯華も一つ前の自席に座る……のかと、思いきや。

「んふっ」

あっ、これは何かイタズラを思いついた顔だよなぁ……なんて、思っているうちに。

「ここ、座っちゃおーっと」

「⁉」

こないだの華音ちゃんと同じく、俺の膝の上に座ってきて。

当然、大きく動揺してしまう。

「確かに、座り心地良いかもー」

なんて言いながら、背を預けてくる唯華……心臓に悪いってレベルじゃない。

こんなとこ誰かに見られたら大変だし、すぐに離れてもらうべきだ。

……そう、わかってはいたけれど。

俺は普段、極力唯華に触れないようにしている。それは、女性に対して当然の配慮だと思っているけれど……許されるなら、ずっと触れていたいとも思っている。

だから……君の方から、触れてくれるのなら。

♥　♥　♥

んー、なるほどねー？

この体勢。想像以上に……めっっっっっっっっっっっっっちゃ恥ずかしいんだけど!?

だって秀くんの太ももに、私のお尻が……それに背を預けちゃったら、ほとんど全身で秀くんと触れ合ってるようなもんで……華音、こんなエッチなことやってたの!?

あっ、ヤダ、ていうか深く考えてなかったけど……この女重いな（物理）、とか思われちゃったらどうしよう……!?　だけど自分から始めた手前、すぐにどくわけにもいかない……！　大丈夫、経験上そろそろ秀くん側からストップが……。

「なら、ずっと座ってくれてていいよ」

……んんっ!?

「そこは、唯華の席だから」

んおぉぉぉぉぉぉぉぉぉぉぉぉぉぉぉぉぉぉぉぉぉぉぉぉ!?

この体勢からの耳元イケボは危険水域余裕でオーバーなのですがぁ!?

えっ、ていうか許されちゃったの!?　これホントに大丈夫なのほら絵面とか！

「それで、注意事項についてなんだけど。手元に紐《ひも》状の装飾がある場合は、バンドで括《くく》るなどして飲食物に触れないよう対策しておくようにって」

「ソ、ソウナンダー？」

ホントにこのまま進めるの⁉

今の私、微妙に声が裏返っちゃったし既に限界なんですけど……！

「あと、今からでもコスプレメガネ喫茶にしませんかって提案は丁重にお断りしといた」

「アハハッ……」

……ていうかさ。秀くん、普通にしてるけど……これ、つまりは華音の時と同じ反応ってことだよね？　やっぱり最初の頃は女の子慣れしてなかったから私にも反応してくれただけで、今はもう純粋に『親友』としか思われてないんじゃ……。

それとも、嫁は女として見れなくなるっていうけどまさか早くもそのターンに入ってるとか……⁉　帰ったらお母様に電話して、結婚してもラブラブでいられる秘訣《ひけつ》を……。

「……あっ」

違う。背中に伝わってくる鼓動で、気付いた。

「秀くん……すっごく、ドキドキしてるね」

「……そりゃな」

そして、きっと。

「唯華も……ドキドキ、してるな」

やっぱり、私の鼓動も秀くんに伝わっちゃってた。

「……そりゃね」

マネして返すけれど、私がドキドキするのは当たり前。

だって、好きな人と触れ合ってるんだもん。

だけど……秀くんは、どうなの？

私でも、ドキドキしてくれるの？

それとも……もしかして。

私だから、ドキドキしてくれてるの？

……なんて考えているうちに。

そろそろホントに顔がフニャッちゃう限界タイム！

「あっ、そういえばさー」

いかにも今思い出したって調子で、私は立ち上がる。

ちょっとわざとらしかったけど、緊急脱出のために仕方ない……！

「ほら、野球部ってこんな遅くまで練習してるんだねー」

窓際まで行って、さっきまでぼんやり見てた光景について話すことで誤魔化《ごまか》す。

「ホントだ。皆、頑張ってるんだな」

……んんっ!?

秀くん……!? なにゆえ、カーテンでフワッと私たちをお包みなさった!?

「……んふっ、どうしたの？」

ギリ……！ ギリ、ちゃんとイタズラっぽく笑えた……はず！

「こんな時間に二人でいるとこ、誰かに見られたらマズいかなって」

「なるほどねー？」

むしろたった今、決して見られてはならない光景が完成してしまったと思うのですが
……!? カーテンの中っていうちょっとした密閉空間に二人でいる時点でなんかエッチだし、触れてこそないもののカーテンごとほぼ抱きしめられてるようなもんだし……！

なにこの幸せ空間!?

♠　♠　♠

ふと思いついた、ちょっとしたイタズラのようなもの。

さっきより密着度は少し下がったものの、狭い空間に二人きりっていうのはむしろさっきよりドキドキしてしまう。今度はギリギリ触れ合ってないから、鼓動は唯華に伝わって

いないと思うけど。当たり前に、さっきと違って唯華の鼓動も伝わってこない。

今、唯華は何を考えているんだろう？

さっきのは、どういう意味のドキドキだったんだろう？

俺相手でも……仮にも、男が相手だからドキドキしたのか。

あるいは……。

「よっしゃぁまだ明かりが点《つ》いてるってことはギリセーフですねっ！」

『!?』

っぶね!?　教室の戸が開く音と元気な声に、思わず声出そうになっちゃったよ……！

「あれ？　誰もいない？　あぁ、近衛くんが報告に行ってるパターンのアレですか！」

今度のドキドキは、高橋さんが戻って来ちゃったやべぇって意味で満場一致だ……！

「にしても、よりにもよってお弁当箱を忘れるとは……お母さんにド叱られるところでした……！　まだいてくれてありがとうございます、近衛くん！」

どういたしましてだけど、それ俺の存在に気付いて言ってるわけじゃないよね……!?

「……あれっ？」

んんっ……!?　流石に気付かれたか……!?

まぁでも前にも考えた通り、高橋さんにならば……。

「最後に食べようと思って残してたミニトマト、結局食べるの忘れてたーっ！」

……うん、どうやら俺たちの存在に気付いたわけではないらしい。

「ラッキー、食べちゃおっと」

高橋さん、だいぶ涼しくなってきたとはいえこの時間まで常温放置したミニトマトはちょっと危険じゃない……？　と、友人としては出ていって注意すべきなのか。

若干迷っているうちに、高橋さんの足音が遠ざかっていき……教室を出たようだ。

それでもまだ息を殺したままで様子を見ること、数秒。

『……はぁっ』

俺たちは、カーテンから抜け出して大きく息を吐いた。

「……やっぱりカーテン、必要だったろ？」

「んふっ、かもねー？」

気まずい思いと共に冗談めかした俺に対して、唯華はイタズラっぽく微笑《ほほえ》むのだった。

♠♠

♠♠

♠♠

俺とゆーくんは、過去に一度も喧嘩《けんか》したことがなかった。

……なんてことは、勿論《もちろん》なくて。

むしろ、喧嘩なんてしょっちゅうで。

「だから、最後の一つはゆーくんが食べてって！」

「秀くんのために残しといた、って言ってるでしょ！」

「でもゆーくん、このお菓子大好きだし！」

「秀くんだって好きじゃん！」

「僕はそこまで好きなわけじゃないし……！」

「ボクだって……！」

なんて、しょーもないことを理由にしては喧嘩してきた。

そして、昔のゆーくんは意地っ張りだけどちょっと泣き虫なとこもあって。

「嘘《うそ》だよ、だってゆーくんさっきからずっとチラチラお菓子見てるもんっ！」

「それは……でも……うぅ……ぐすっ……せっかくあげるって言ってるのに、なんで素直に受け取ってくれないのぉ……！」

「あっあっ、ごめん泣かないでっ！」

こうなると、仲直りのターンだ。

「わかった、じゃあ半分こ！　半分こにしよ！　はい、ゆーくんの分！」

「ぐすっ……それなら……ありがと……」

理由がしょーもないので、仲直りもいつもあっさりとしたものだった。

……さて。

俺がなぜ、こんなことを思い出しているのかというと……。

「これより、『初めての夫婦喧嘩』を始めます！」

唯華から、こんな宣言をされてしまったためである。

事の経緯は、ついさっき。

♥　♥　♥

「んあー、これだとちょっと予算から足出ちゃうかー。や、待てよ？　烏丸家《ウチ》が使ってる業者さんにも当たってみよっかなー……」

とある土曜日、私は朝からリビングで文化祭実行委員の仕事を進めていた。

「なぁ唯華、仕入れの件なんだけど……」

そんな中、秀くんが自室から出てきた……けれど。

「うわ秀くん、クマすっごいよ？」

「んー……？　色々やってたら、昨日寝るの遅くなっちゃってさ……」

「それならもっと寝てなよ……」

「や、土日で進めときたい案件もあるし……」

たぶん、全部文化祭関連のことなんだろうね。一度引き受けたからには全力で責任を果たそうとするところは、秀くんらしいけれど……。

「家庭に仕事を持ち込まないのーっ」

それなら、無理を止めるのが私の役割でしょう。

「唯華もゴリゴリ持ち込んでんじゃん……」

「だから私も、もう終わりにするねっ！　これは週明け、学校でやりまーすっ」

秀くんが私の手元にジト目を向けてくるものだから、私は書類を鞄《かばん》に突っ込んだ。

「我が家は本日より、家庭内での仕事を禁じます！」

「わかったわかった、じゃあこっちの書類だけ片付けたらな……ふわ」

眠そうにしながらも、秀くんは私の隣に座って書類をテーブルに置く。

「だから禁止でーすっ」

それを、私がサッと取り上げた。

「あっ、こらっ。返しなさいっ」

「駄目駄目ーっ。今日は、休養しか認められませーんっ」

「ホント、それ一枚だけだって……いや、もう一枚……二枚？　やっときたいけど……」

「ほら、キリないじゃんっ。どうせスケジュールも巻き進行なんだしさー、わざわざ休日潰してまでやることないでしょっ？」

「順調な時こそ、有事に備えてバッファを作っとかないとだろ……本番が近づくにつれて、リカバリも難しくなるんだから。ほら、返しなさいって」

「ふふっ、なら捕まえてごらーん？」

書類を取ろうと伸ばしてくる秀くんの手を、サッと避《よ》けていく。

コツは、私の身体の近くで書類をヒラヒラさせること。私に触れることをやたら遠慮してる節のある秀くんは、こうするとあんまり速く手を伸ばせないのだっ。

秀くんなら……いつだって、どこだって触ってくれて良くて。

どこだって……触って、ほしいのにねっ？

「こら、いい加減にしなさいっ」

「おっと」

だけど今日の秀くんはちょっとだけ強引で、そっと私の肩に触れて動きを止めようとしてくる……ので、私は。

「おっとー」

「おわっ……!?」

秀くんを巻き込んで倒れ込む。寝転がる私の上で、秀くんがソファに手を突く形。

「ねっ、それより………楽しいコト、シちゃわないっ？」

そっと、甘く囁《ささや》いてみる。

まっ、こんなことをしても？　いつも通り秀くんは何もしちゃわない……。

「……いいんだな？」

……んんっ!?

「いくぞ？」

あれ、なんだろう……秀くん、真剣な表情でちょっとずつ近づいてきて……えっ、ウソホントに!?　ちょっと待って流石《さすが》に心の準備がっていうか先にお風呂入らせてください隅から隅までめちゃくちゃ丁寧に身体《からだ》洗ってくるからでも強引な秀くんも大好きですっ！

なんて、内心ドキドキアワアワしている私に対して……秀くんは。

「ほいよ」

と、私の手から書類を取り上げる。

「……はぇ？」

一瞬何が起こったかわからず、ちょっと間抜けな声が漏れちゃった。

「あー、お仕事楽しいなっと。これだけ埋めたら、終わるから」

なんて言いながら、秀くんは座り直して書類仕事を始めちゃった。

むむぅ、秀くんめ……私の乙女心を弄んでぇ……！

でも、そっちがそんな態度を取るなら私だって……！

「私と文化祭、どっちが大事なのっ？」

めちゃめちゃめんどくさい女みたいなこと、言っちゃうんだからねっ！

「それは勿論唯華だけど、文化祭も大事だから。ちょっとだけ、大人しく待ってて」

くっ、如才ない返答を……！

むむぅ、文化祭めぇ……私の秀くんを横取りしてぇ……！

あっ、そうだ閃《ひらめ》いた！　これなら、秀くんも無視はできないはずっ！

というわけでぇ？

「これより、『初めての夫婦喧嘩』を始めます！」

♠　♠　♠

といった次第だった。

勿論、唯華も本気で怒ってるわけじゃない。

「喧嘩するほど仲が良いっていうし、たまには喧嘩くらいしないとねーっ？」

むしろ、ちょっとワクワクした様子さえ見せていた。

まぁ、そういう遊びってことなんだろう……とはいえ、こういう言い方されちゃ流石に無視するわけにもいかないよなぁ……仕方ない。

「要はディベートってことだよな？　なら俺からは、まず今これを片付けておくことの妥当性について語るけども……」

「あっ、被告人は許可なく喋《しゃべ》らないように」

「俺の知ってる喧嘩と違うんだが……!?　俺の辞書にはこれ『裁判』って書いてあるんだけど、もしかして違う言語の辞書採用してる……!?」

「あとさー、裁判で思い出したんだけど」

「もう自分で裁判って言っちゃってるし……そして、裁判で思い出すようなものが良いことである気がしない……」

「秀くんさ。こないだのプールの時、やっぱり華音のおっぱい見てなかった？　今回は別に、私の方を見づらかったって感じでもなかったよね？」

「余罪が追加された!?」

いやまぁそれに関しては、正直に言えば……『妹』同士の比較で、ちょっと見てしまったのは事実でもあるんだけど。

「いやその、決してやましい気持ちで見ていたわけではないと言いますか……学術研究的な観点でチラッと見たと申しますか……」

「へぇー？　やっぱり、見てはいたんだねー？」

「余罪の方の話広げるの一旦やめない⁉」

「……まぁいいでしょう。確かにこれは本題じゃないし」

とりあえずこっちの話が終わってくれてホッとする。

けどこれ、完全に唯華のペースに乗せられてるよなぁ……。

「被告人、自らの『仕事しすぎ罪』について何か申し開きはありますか？」

「あー、っと。だから土日に俺が自分だけで完結する仕事を片付けておくことで、平日は臨機応変に皆の方に対応できるようにと……」

「ギルティ」

「どこの国の法律適用されてんの⁉」

弁明の途中で有罪を宣告され、思わず声が大きくなってしまった。

「……あのね、秀くん」

そこでふと、唯華は表情を改める。

「引き受けたお仕事を責任持って果たそうとする姿勢はえらいと思うし、バッファを作る重要性だってもちろん私もわかってるよ？」

だけど、と続けて。

「それで秀くんが無理して……万一身体なんて壊しちゃったら、全部台無しでしょ？」

真《ま》っ直《す》ぐ俺を見ながら、そう言った。

「別に、無理って程では……」

「それはウソ。さっき言った通りクマが酷《ひど》いし、瞬《まばた》きの回数だっていつもよりずっと多い。あと声もちょっと掠《かす》れ気味《ぎみ》だし」

「いや、ホントにこの程度は無理のうちには入らないっていうか……」

「秀くん」

相変わらず、唯華は俺を真っ直ぐ見つめたまま。

「こんなに心配してる奥さんより……まだ、文化祭を優先しちゃうの？」

少しだけ、その瞳が揺れた。

「っ……！」

あぁもう、この言い方はズルいよなぁ……！

「わかったよ……確かに、どうしても家でやらなきゃいけないってレベルではないし……もう、家庭に仕事は持ち込まない」

「それでよしっ」

俺が書類を手放して降参を示すと、唯華は満足げに頷いた。

「それでは被告人を、なでなでの刑に処す！」

「罰は科されるのか……」

思わず半笑いが漏れたけど、これも唯華なりの気遣いだ。

ゆーくんが泣く気配を見せ始めると、喧嘩《けんか》は終わりの合図で。

俺がゆーくんをなでなでして泣き止《な》《や》ませるのが、仲直りの証《あかし》だったから。

「よしよーし」

尤《もっと》も……今は、俺が撫《な》でられる側のようだけど。

「頑張っててえらいねー？　でも、休むのも仕事だからねー？　よしよーし」

この歳《とし》になってあやすように撫でられるのは、流石にだいぶ恥ずかしいけれど……心配させてしまった罰として、甘んじて受け入れているうちに。

「……ふわ」

抗《あらが》いがたいくらいの眠気に襲われる。気ぃ張ってるうちは気付いてなかったけど、確かに無理をしていたようだ……ありがとう、唯華……。

♥　♥　♥

秀くんは、うつらうつらと船を漕《こ》いで。

ソファに背中を預けて、うたた寝し始めた。

「……すぅ」

「おぉっ」

何気にレアなその姿に、つい声が漏れる。

なんていうか秀くんは、いつだって『ちゃんとしてる』んだよね。だから、居眠りしてるとこなんて見たことなかった。ていうか、寝顔を見るのも大きくなってからは初めて。

なんだか野生動物が気を許してくれたみたいで、嬉《うれ》しくなっちゃうよねっ。

それに、ふふっ……寝てるといつもよりあどけなくって、なんだか昔を思い出してちょっと懐かしい気持ちになっちゃった。

「文化祭、楽しみだねっ？」

引き続き秀くんの頭を撫でながら、寝顔に話しかける。

正直、秀くんの気持ちだってわかるんだ。ホントに無理してるつもりはなくて、文化祭が楽しみで、ついついやっちゃうって感覚なんだと思う。私だって、そう感じてるんだから。でも、だからこそ私がセーブしてあげないとだよねっ。

「あっ、そうだ……！」

ふと思いついて、私はそっと秀くんの肩に手を伸ばした。

「おぉっと……！　流石は男の子、上半身だけでも結構重い」

秀くんを起こさないよう慎重に慎重に、身体を倒していって。

「ほい、いらっしゃーいっと」

私の太ももの上に、秀くんの頭部を導く。

「一番は猫ちゃんに譲っちゃったけど、人間じゃもちろん秀くんが最初だからねっ？」

それに、二番目も三番目も当然秀くん。

だってここは、秀くんだけの特等席なんだからっ。

「むにゃ……たらこ……」

「ふふっ、何の夢見てるのかなー？」

秀くんの寝顔を間近で堪能出来るこの距離感。

私にとっても、特等席だよねっ。

第４章　全力で楽しむ一方で

初めての夫婦喧嘩から、しばらく経《た》ったある日。

少し早めに朝食を食べ終えた俺たちは、登校までの空き時間を各々過ごしていた。

「あっ、また家庭に仕事持ち込んじゃってるー？」

制服に着替えて自室から出てきた唯華《ゆいか》が指差してくるけど、声はからかう調子だ。

「普通に見てるだけ」

「ふふっ、知ってるー」

刷り上がった文化祭のパンフレットをヒラヒラ振ると、唯華は小さく微笑《ほほえ》む。あれ以来、俺は一度も仕事を持ち帰ってないし……そもそも、もう持ち帰るような仕事もない。

何しろ、文化祭はもう明日にまで迫ってるんだから。

「どこが面白そうかなー？」

「いくつかチェックしといたよ」

「ほぅほぅ」

と、俺の後ろに回り込んだ唯華が手元を覗《のぞ》き込んでくる。俺の視線に合わせるため、頬《ほお》がくっつきそうなくらいの距離。俺はいちいち言い訳や理由を付けないと近づけないっていうのに……ホント、ナチュラルに距離を詰めてくるよな……。

「そーそー、まず焼きそばとフランクフルトは食べないとだよねーっ」

「鉄板だもんな」

声に動揺が乗らないよう、意識しながら相槌《あいづち》を打つ。

「へーっ、体育館では巨大迷路やるんだー？」

「そのクラスの実行委員に聞いたけど、結構本格的らしいぞ？」

「そうなんだ、面白そーっ」

「隣でやる紙飛行機大会っていうのも、勝負師の心をくすぐられるよな」

「ホントだ、優勝したーい！　あっ、華音《かのん》と一葉《かずは》ちゃんのクラスはカジノやるんだ？」

「これも、身内だからとか関係無しに興味を引かれるな」

なんて、パンフを眺めながらワイワイ言っていると。

「なんかチェック入ってるの、私が好きな感じのやつばっかりだねー？」

ふと、唯華がそんなことを口にする。

「そりゃ、唯華が好きそうなのにチェック入れてるからな」

「へ……？」

普通に返すと、唯華はパチクリと目を瞬かせた。

「もー、秀《しゅう》くんったら自分の行きたいとこちゃんとチェックしないとでしょー？」

「唯華が行きたいところが、俺の行きたいところだよ」

「またまたー」

唯華は冗談だと思ってるみたいだけど……今の言葉に、嘘《うそ》はない。

「まぁでも実際、私たち好みが似てるしねー」

「だろ？」

それもあるけれど。

楽しそうな唯華の隣にいることが、俺にとって何よりの楽しみだから。

「……あ、そうだ」

一通り眺め終え、パンフを鞄《かばん》にしまう……ところで、ふと思い出したという調子で。

「唯華、『夜に泣く梟《ふくろう》』って小説読みたいって言ってたろ？」

「え？　あ、うん、そういえばこないだチラッと言ったっけ？　映画化されたやつ観《み》てたらラストが微妙で、でも原作小説だと違う結末らしくって。ただかなり前の小説だからもう絶版だし、なんかちょっとプレミアまで付いてて入手困難らしいしー」

「昨日の帰り、たまたま立ち寄った古本屋でさ」

俺は、鞄に突っ込んだままの手で一冊の文庫本を取り出す。

「たまたま見かけたから、買っといたよ」

「わっ、ホント？」

その『夜に泣く梟』と書かれた表紙を見せると、唯華は目を輝かせた。

「ありがとーっ！　すっごい偶然だねーっ！」

「なんか、今度またリメイクで映画化されるらしいからさ。それが一般公開される頃には、何らかの形で原作も再販されてるとは思うけど」

「へぇ、そうなんだ？　でも今気になってるから、助かるーっ！」

素直に喜びを表してくれる唯華だから、買ってきた甲斐《かい》もあるってもんだよな。

「ていうか秀くん、詳しいね？」

「たまたま、ニュースか何かで観たのを覚えてただけだよ」

「ちなみに、リメイクっていつ公開予定なの？」

「来年くらいだと思うけど……ちょっと、調べてみるか」

スマホを取り出し、ブラウザを立ち上げる。

唯華も覗き込んでくる中、検索ボックスにタイトルを入力……しかけた、ところで。

「……あっ」

俺は、己のやらかしを悟った。

♥　♥　♥

「……ん？」

秀くんが検索ボックスをタップすると、検索履歴が表示されて……一番上にあるのは、『夜に泣く梟』『古本』『在庫』ってワードだった。

「秀くん、これって……」

「……まぁ……はい」

顔を伏せた秀くんだけど、耳まで真っ赤に染まってる。

「わざわざ、在庫あるお店を調べてくれたんだー？」

「……まぁ……はい」

「それで、文化祭の準備で忙しい中なのに買いに行ってくれたんだねー？」

「……まぁ……はい」

「そんで私が気を使わないよう、偶然って体にしてくれたとー？」

「……全部言わないでいただけますと助かります」

秀くんが見てないのを良いことに、私は頰をゆるっゆるに緩ませる。

「なーんか、文化祭で私の好きそうなとこチェックしてくれたりさー」

だって、そんなの……！

「秀くん、いっつも私のこと考えてくれてるんだねー？」

みたいじゃないっ？

「……考えてるよ」

おっと危ない、秀くんの顔が上がってきたのでイタズラ顔に緊急移行！

……ん？　今なんて？

「俺は」

まだちょっと赤い顔で、だけど秀くんは小さく微笑んで。

「いつも唯華のことを、考えてるよ」

「っ⁉」

え、えげつないカウンター……‼　ていうかこないだの教室での件といい、なんか最近秀くんの火力上がってない⁉　もしかして私を口説いてるの⁉　ただでさえ燃え上がってる恋心に燃料がガンガン投入されて、焼け焦げちゃいそうなんですけど……！

うぉぉぉぉぉぉぉぉぉぉぉ！　耐えろ、私の表情筋！

「……んふっ」

よし、どうにか耐えれたぁ！　……たぶん。

「私もいっつも秀くんのこと考えてるから、一緒だねー？」

だけど、もうホントに限界だったので。

「さってと、そろそろ登校しますかー」

私は秀くんの返事を待つことなくクルリと踵《きびす》を返し、その場を離脱した。

「いってきまーす」

「いってらっしゃい」

背中越しに挨拶を交わし、玄関に向かいながら考える。

実際問題、自惚《うぬぼ》れじゃなくて、秀くんの思考における私が占める割合はかなり高めだとは思う。だって秀くんはいつだって私のことを気遣ってくれるし、私がしてほしいことをしてくれる。時には過剰に感じることさえあるくらいだけど……それは、素直に嬉《うれ》しい。

でも……好きで好きで、気が付いたらいつも相手のことを考えちゃうって。

そこも私と一緒だったら、最高なのになーっ？

♠　♠　♠

朝からまた恥ずかしいところを晒《さら》してしまった日の、放課後。

「これにて、準備の全工程が終了です。皆さん、お疲れ様でした」

『うぇーい！』

俺の言葉に、クラスメイトの皆がテンションも高く声を揃《そろ》える。

「明日の本番も、張り切って参りましょー！」

『うぇーい！』

唯華の言葉にも、同じく。

「八組優勝目指してー？　ファイ、オー！」

『うぇーい!!』

最後に高橋《たかはし》さんの号令に一際大きな声で応えた後、解散の運びとなった。

ちなみに、ウチの文化祭には何かしらの順位を決めるような制度は存在しない……けど、まぁこれに関してはそういう意気込みで臨もうってことだろう。たぶん。

「……これで準備期間もおしまい、か」

皆が帰った後、教室を施錠しながらの声は我ながら随分と感傷的な響きを伴っていた。

「準備は終わって、文化祭本番は明日。だから……ねっ？」

施錠に付き合ってくれてる唯華が、何かを思いついたような笑みを浮かべる。

「今からちょっと、校内を回ってみない？」

「いいけど……？」

どうせ、職員室に鍵を返しに行く必要がある。

ちょっと寄り道するくらい全然構わないけど、何のために……？

「私たちだけで、今から前夜祭っ」

「ふっ、なるほどな」

本当に、唯華は楽しそうなことを考える天才だな。

準備期間が終わってしまう寂しさが、ワクワクに変わっていくのを実感する。

「それじゃ、下見がてらの探検といくかっ」

「おーっ」

廊下なので、ヒソヒソ声で軽く手を上げる俺たち。とはいえ、既に人の姿はまばらだ。

流石《さすが》に、前日までガッツリ作業が残ってるクラスもあまりないんだろう。

「同じフロアのクラスは、流石に見知ったもんだよねー」

「出来上がっていく過程から、ずっと見てきたもんな」

夕日に照らされる廊下を、会話しながらゆったり歩く。

「よし、次のフロアへゴーッ」

「おぅ」

俺たちの教室は三階で、職員室は一階。普段はあまり踏み込まない二階を回ってみる。

「おーっ、なんか一気に違う世界に来たみたーいっ」

「やっぱクラスによって個性が出るよな」

風船やのぼり旗、教室の窓全部を使ったでっかいイラストなど、お客さんの目を引こうとする各クラスの努力を感心の面持ちで眺めていく。

「ウチも、バルーンアートを外にも飾ってみよっか？」

「いいね、完成済みのを付けるだけなら明日パパッと出来るし」

高橋さんが張り切りすぎた結果ぶっちゃけ余り気味のバルーンアートを有効活用する一石二鳥のアイデアだ。明日の朝、皆に提案してみよう。

そんな風に実のある話だったりない話だったりを交わしながら、校内を回っていく。

あちこち歩いているうちに結構時間も経過し、気付けば周囲に人の姿もなくなって。

「ねねっ、あっちの方も行ってみよっ」

と、唯華は自然に俺の手を取って先を行く。

本当に……それが、当たり前だとでも言うように。実際、かつては当たり前だったことだけど……また、これが当たり前になってくれると良いのにな。

そんな願いも込めて俺がそっと握り返すと、唯華の口の端が小さく上がった。

「もうすぐ、一通り回り終わっちゃうねー」

「だな」

「あっ、そうだ。最後にさ」

少し先行している唯華は、こっちを振り返って後ろ向きに歩き始める。

「ちゃんと前見て歩かないと危ないぞ？」

「大丈夫大丈……ぶっ⁉」

爆速のフラグ回収。放置してあったマジックを踏んでしまった唯華は、グラリとバランスを崩す。俺は咄嗟《とっさ》に繋《つな》がった手を引き、唯華の腰に手を回し抱き寄せた。

「……だから言ったろ？」

どうにか、声に動揺は乗らなかったと思う。

♥　♥　♥

「……んふっ、ホントだ。ごめんね、ありがとー」

どうにか、動揺を声に乗せないよう意識しながら。

近い！　力強い！　顔が良い！

と、無論のこと私は大変テンパっておりました。

だって、手を繋ぐだけでも結構いっぱいいっぱいだったのにこの距離はさぁ……！

「で、さっき何を言いかけてたんだ？」

んおっ⁉　またもや離れないままのパターン⁉

嬉《うれ》しいけど……！　めっちゃ嬉しいしずっとこうしていたい気持ちはあるけども……！

心臓が……！　心臓が、早くも限界を迎えている……！　……ということで。

「最後、帰る前に――」

離脱のためにも、さっき言いかけた提案を口にする。

♠　♠　♠

「こうして実際に飾られると、なかなか立派なものに見えるよな」

「だよねーっ」

唯華の提案で、俺たちは文化祭への来訪者を迎えるアーチを見上げていた。文化祭実行委員でコツコツ作り上げ、本日満を持して設置されたものだ。明日になると人の行き来が多いし、確かにじっくり見るなら今のうちだろう。

「先生方も、今年は特に出来が良いって褒めてくださったしねっ！」

「まぁそれは、毎年言ってるのかもしれないけど」

「もう、また捻《ひね》くれたこと言ってー」

とはいえ……俺の目にも、このアーチは例年のものより立派に見えた。

それこそ、贔屓目《ひいきめ》ってやつなのかもしれないけど。

「でも、こんな達成感……いつ以来だろう」

勿論《もちろん》、一人だけで作ったわけじゃない。

だけど、こんな大きなものを自らの手で作り上げられたことを誇らしく思う。

皆の協力のおかげとはいえ、クラスの方もここまでは無事に進行出来た。

「これも、唯華の……」

「違うよ」

おかげだな、と続けようとした言葉が遮られた。

実際、唯華のおかげで俺が変われた結果だと思うんだけど……。

「これは秀くんが自分で選んで、摑《つか》み取った成果なんだから」

その言葉が、じんわりと胸に温かく広がっていく。

「むしろ、今回は私がお礼を言う方っ。秀くんが実行委員に立候補してなかったら、私もやってなかったと思うし。楽しい準備期間を、ありがとねっ」

「……ありがとう」

お礼にお礼を返すという妙な構図だけど、感謝を伝えたかった。

唯華にそう言ってもらえると、ちょっとだけ自信を持てるような気がするから。

君の、隣にいて良いのだと。

♠♠

♠♠

♠♠

そして翌日、ついに文化祭当日となって。

『いらっしゃいませぇ！』

「ホットサンドセット、お待たせいたしましたぁ！」

「はいっ、ミルクティーですねっ。承りましたっ」

「お会計、五百円でーす」

幸いにして、俺たちのコスプレ喫茶は盛況だった。唯華仕込みの美味《おい》しい紅茶に、ぶっちゃけ学園の豊富な予算にあかせたコスパ抜群の価格設定。そして、何より……。

「お待たせ致しました、お嬢様っ♪」

「キャーッ、狼男《おおかみおとこ》で執事さんだーっ」

茶色のウィッグに狼の耳と、顎から耳にかけて同じ色のヒゲも付けていつもよりワイルドな印象のイケメンになっている瑛太《えいた》。

「はーい、ご注文伺います定命《じょうみょう》の者よー」

「ノリの軽いエルフだなぁ……」

先の尖《とが》った長い耳とカラコン、妖精のような衣装によって神秘的な雰囲気の美人になりながらもノリはいつも通りな天海《あまみ》さん。

「こちら、お熱くなっておりますのでご注意くださいねぇ」

「天使かな？」

「天使だよ」

純白の衣装に同じ色の翼、頭の輪っかが小動物的可愛《かわい》さによく似合っている白鳥《しらとり》さん。

「ここか、例のコスプレ喫茶って」

「おぉ、噂《うわさ》に違《たが》わぬ顔面偏差値」

「レベル高ぇな……！」

などなど、繁盛の一番の理由はたぶんここだろう。

「はいっ、完成です！　作品名……『命』」

「おぉ……『花』を頼んだはずなのに……凄《すご》く……なんか、凄いのが出てきた……」

「散ってしまう花の儚《はかな》さ、それでも咲き誇る気高さを表現してみましたっ」

「噂通りの現代アート、あざまーす！」

　高橋さんがノリで始めたバルーンアートのプレゼントも評判が良い。ミイラ女コスで視界がだいぶ塞がれてるはずなのに、凄いな高橋さん……。

　とはいえ、中でも一際人目を引いているのは……。

「ねーねーお姉さん、この紅茶もっと美味しくしてよー。萌《も》え萌えキュン、みたいな？」

「申し訳ございませんお客様、当店そういったサービスは行っておりませんため……」

「いいじゃん、魔女なんだし得意でしょー？」

　ちょうど意識を向けたところで、唯華が男性客二人組に絡まれているのが目に入った。

　黒のローブに、同じく黒のとんがり帽子。紫を基調としたメイクもしていて、今日はちょっとミステリアスな雰囲気の唯華……に、見惚《みと》れながらも近づいていく。

「てかさ、お姉さん。今から、俺らと一緒に回らない？　店員さんこんなに沢山いるんだし、一人くらい抜けても平気っしょー？」

「おっ、いいじゃんいいじゃんっ」

　にしても、本当にこんな典型的な厄介客が訪れるとは……練習しといて良かっ、いやよく考えたら全然ちゃんと練習できてねぇな？　なんて、ぼんやり考えながら。

「お客様」

唯華に手を伸ばそうとした男性客との間に、笑顔で割って入る。

「こちら当店の看板でございますので、持ち出されては困ります」

「え？　あ、おう……」

意表を突かれたのか、男性客は俺の顔を見てちょっとビクッとなった。

「それと、こちら。サービスです」

それから俺は、用意していた小瓶をコトンとテーブルに置く。

男性客二人は、それを一瞬怪訝《けげん》な表情で見て……。

『げぇっ、血⁉』

そう見えたのはたぶん、俺が吸血鬼のコスプレをしているせいだろう。

勿論、実際の中身は血なんかじゃなくて。

「イチゴジャムでございます。お砂糖の代わりに入れていただきますと、フルーティーな味わいとなって美味しいですよ」

『あ、はい……』

俺の説明に、毒気を抜かれたような顔となる二人……そろそろ、頃合いだろう。

「それでは、ごゆっくりお楽しみください」

ニコリと笑みを深めて、さりげなく唯華を伴って離脱する。

「ありがとねっ」

小声で言いながら、小さく微笑《ほほえ》む唯華。

厳粛な魔女が俺にだけくれる笑顔って感じで、なんだか妙にドキドキしてしまう。

「……これも、仕事のうちだから」

結果、ちょっと素っ気なく返してしまった。

……あと、今になって恥ずかしくなってきたんだけど。

さっきの対応、キザっぽすぎたよなぁ……!?　吸血鬼らしい、クールなキャラ？　を意識してみたけど、あぁいうことじゃなかった気がする……！

♥　♥　♥

はぁっ、かっっっっっっっっっっっっっっっっっっっっっっこよ!!

なに今のなに今の!?　めちゃめちゃスマートに、お客さんを怒らせることなく、しかもさりげなく要求にも応えてるっていう神対応……！

ていうかもう今日の秀くん、見た目からして反則なんだよねぇ……！　オールバックでいつもよりグッと大人びた雰囲気に、黒のマントがベストマッチ！　そして、口元からチラリと覗《のぞ》く鋭い犬歯がセェクシィ！

このミステリアスイケメンが急に現れたら、そりゃビクッとなるよねっ。

私なんて、今日何度見惚れてることかっ。

はぁっ、秀くんに血を吸われたいっ……！

「ねぇねぇ、吸血鬼さん？　私の血、吸って吸ってーっ？」

……あれ？　私今、声に出しちゃった？

あっ、いや違う……。

「ほらほら、首筋にカプッとどうぞっ♡」

「申し訳ございませんお客様、当店そういったサービスは行っておりませんため……」

うわ、今度は秀くんが厄介客に絡まれてるじゃん。

なら次は、私がヘルプに入る番……んんっ？

「じゃあじゃあ、店外ならオッケーってこと？　おにーさん、シフト終わるのいつー？」

ていうかあれ、華音じゃん⁉　何やってんのあの子⁉

「……お客様、店員に絡まれては困ります」

「えーっ？　楽しくお喋《しゃべ》りしてただけなのになー？」

ビキビキッとこめかみ辺りが強張《こわば》るのを自覚しながらもどうにか笑顔をキープして注意するけど、華音に悪びれた様子はない。

「あれ？　てか、お姉じゃーんっ。いつも以上に美人さんだから、気付かなかった♡」

「何を白々しく……」

そうは言いつつも、褒められて悪い気はしない私のビキビキ具合はちょっと収まった。

「ていうかていうか、魔女と吸血鬼さんってとってもお似合いって感じじゃないっ？」

「ふむ……店員さん、写真を撮らせていただいても良いかい？」

……んんっ？　背後からの、今の声……まさか⁉

「お祖母様《ばあさま》まで⁉」

振り返ると、そこにいるのは果たして私のお祖母様だった。いつの間に入店してたのか、テーブル席に座ってデジカメを構えている。

「な、なんでここに……⁉」

「一般公開されてるんだ、あたしが来たって構わないだろう」

「それはまぁそうなんですけど……！」

こういうの、身内に見られるのなんか恥ずかしくない……⁉

「それより写真、良いのかい？　駄目なのかい？」

「えっ、っと……」

お祖母様の言葉に、私は秀くんと顔を見合わせる。

お店の規則的には、本人が了承すれば撮影もオッケーってことになってるけど……。

「俺は、構いませんよ」

「……じゃあ、私も別にいいですけど」

「なら、撮らせていただくよ」

と、お祖母様はデジカメのレンズをこちらに向けてくる。

「二人共、かったーい！　ほらほら、ポーズ取ってて？」

ぎこちない笑みで二人並んでいたところに、華音からそんな声が。

まぁ確かに、せっかくの衣装なのに棒立ちっていうのも味気ないか……。

「えーと……こんな感じ、かな？」

「私は……これでどう？」

秀くんは尊大に腕を組み、ニッと不敵に笑って牙を見せる。

一方の私はちょっと上体を後ろに反らして、クールな表情を意識しつつ秀くんの顎に指なんて当ててみる。なんだかんだ、ノリノリな私たちである。

「おーっ、いーじゃんいーいじゃんっ！　そんじゃ、はいチーズっ」

なぜか華音の合図に合わせて、パシャリとシャッター音が鳴った。

「ほら、見て見てーっ！　完璧っ！」

華音がお祖母様の手元を覗き込むものだから、私もちょっと遠慮がちに倣うと……確かに、かなりそれっぽい雰囲気を演出できてるような気がする。

ていうか、秀くんのレア衣装にレア表情！　めちゃめちゃいいなー！　私も……！

「後で、データを送ってあげるよ」

欲しいなー、と思ってたところにお祖母様がポソリと呟《つぶや》く。

「……はい、よろしくお願い致します」

私の答えは、それ以外ありえなかった。

♥　♥　♥

しばらくは大忙しだったけど、お昼時を過ぎた辺りからはちょっとずつ客足も落ち着いてきて。今は列もなくなって、お客さんたちもゆったり談笑している。

そんな中で、ふと。

「ねーねー、アレ知ってるー？　文化祭中に『巨大なハート』を手に入れたカップルは永遠に結ばれる、ってやつ！」

「あっ、それ私も部活の先輩に聞いた！　この学校にもベタなジンクスあるんだねーっ」

ウチの、一年生かな？　女の子二人組のそんな会話が、耳に入ってきた。

「そんなの、あるんだ？」

一緒に待機してる高橋さんに、コソッと耳打ちして尋ねてみる。

「あっ、クソでかハート伝説のことですねっ？」

「……そんな名前で呼ばれてるの？」

「いえ、これは私が適当に付けたやつですけど」

「あ、はい……」

思わず半笑いが漏れる。

「実は、私も今年になるまで知らなかったんですよーっ。皆、こんな面白そうなのがあるなら教えてくれればいいのにーっ」

「そうなんだ？」

「でも私のお父さんもウチの高校のOBなんですけど、聞いたら知ってましたっ。結構前からあるジンクスみたいですよーっ」

「へぇ……」

「これは、絶対に見つけねば！　と私も意気込んでいるのですよーっ」

「えっ？　高橋さん、付き合ってる人いたんだっ？」

初耳ーっ！　誰だろ、私も知ってる人かなっ？

「いえ、ご存知《ぞんじ》の通りいませんけど？」

いや、うん、なんで「何言ってんだコイツ」みたいな表情なの……？　それはむしろ、私の方が今浮かべたいやつなんだけど……。

「だったら、ジンクスとか関係ないんじゃないですかっ！」

「隠されたものがあるなら、暴いてみたいじゃないですかっ！」

「ふふっ、確かにね」

気持ちはわかる。だって、私だって今すっごくワクワクしてるもんっ。

それに……。

「瑛太、厨房《ちゅうぼう》交代の時間だぞー」

「あいあーい」

厨房コーナーから出てきた秀くんに、思わず視線が向かった。

「……？　烏丸《からすま》さん、どうかした？」

「んーん、なんでもっ」

「そう？　ならいいんだけど」

秀くんと永遠に結ばれるだなんて……最高だよねっ！

……あっ、でも一緒に探すのは難しいか。今更だけど、二人で文化祭回るなんてあからさまにカップルだもんねー……いや、高橋さんや瑛太も一緒なら……でもこの二人、私たちと休憩時間ズレてるんだよなー……うーん……。

「秀ちゃんと唯華ちゃん、これから休憩だよね？」

「あぁ」

「そだよー」

「じゃあ、悪いんだけどさー。これを首からぶら下げて、二人で校内回ってきてくんない？　二人並んでるだけで、宣伝になるからさっ」

と、『3―8　コスプレ喫茶』と書かれた札を差し出してくる瑛太。

いかにも申し訳無さそうな表情してるけど、明らかにアシストだよねっ。

瑛太、グッジョブ！　これで堂々、二人で回れる口実が出来たーっ。

「その代わり、休憩時間は長めに取ってくれていいからさ……って、流石《さすが》にそれはオレの一存で決められることじゃないか」

苦笑気味に頰《ほお》を搔《か》きながら、ホールメンバーに目をやる瑛太。

「おーっ、いいんでない？　竹うっち、ナイスアイデアじゃんっ」

「現状だと、ここまで人数もいらんしなー」

「言われてみれば、むしろお二人を室内で遊ばせておく方が勿体《もったい》ないですね……」

さりげに周囲の合意を取り付ける辺り、ホントこういうとこは如才ないよねー。

「そういうことなら、宣伝役引き受けさせてもらうよ」

「私もー」

何気なく聞こえるように意識して返事しながら札を受け取って、踵《きびす》を返す際。

秀くんからは見えないよう親指をグッと立てると、チャラいウインクが返ってきた。

♥　♥　♥

「三年八組、コスプレ喫茶やってまーす！　だいぶお腹《なか》も膨れてきたねー」

「第一校舎三階、お越しくださーい！　目につくとこ片っ端から食べてきたしな」

「美味《おい》しいお茶とお菓子に、バルーンアートもプレゼントしてまーす！　そろそろ、華音と一葉ちゃんのクラス目指して回ってこっか？」

「……ホントにアートなので、ご注意をー。俺も今、そう思ってたとこ」

一応ちゃんと宣伝もしながら、小声で会話を交わす。

同時に私は、周囲に視線を走らせてもいた。うーん、ハート……ハート……あの壁の染み、ちょっとハートっぽくないっ？　流石に無理矢理《むりやり》すぎかなー？　あっ、ハート形の風船だっ！　おっ、あの団扇《うちわ》もハート形！……でもあのサイズじゃ、普通だよねー……ハート自体はあるにはあるんだけど、これだっ！　っていう決め手に欠ける感じだなー。

「烏丸さん、何か探してるの？」

「んっ？　や、色々あるなってまだまだ目移りしちゃってて っ」

「ははっ、わかる」

危ない危ない……こんなの、一緒にいる時に必死に探してる時点で告白してるようなもんだもんね……いや、待てよ？

「そういえばさー」

何気ない調子で切り出す。

「日本の文化祭って、色々ジンクスがあったりするって聞いたことあるけど。ウチの学校にもそういうの、あるの？」

「聞く相手を間違ってない？　俺には、去年まで文化祭について話すような相手さえいなかったんだからさ……」

「あはは……」

と、ちょっと苦笑しつつ。やっぱり知らなかったか、と確認完了。高橋さんでも今年まで知らなかったらしいし、マイナーなやつなのかな？

「ねーターくん、絶対ハート見つけようねっ」

「おぅ、俺たちの愛を永遠のものにしようぜっ！」

「みっちゃん、ハートってアレじゃなーい？」

「んー、言うほど巨大ではなくなーい？」

「僕が思うに、ハートは思わぬところ……例えば堂々と皆の目に付く場所にあり、角度を変えて見ればハートになる……そんな風に推理しているねっ」

「あはっ、雅紀《まさき》クンかしこーい！　きっとそうだよー！」

……そうでもないのかな？

ともかく、秀くんが知らないのは私にとって好都合。とはいえ今の秀くんならどこから聞きつけるとも限らないから、探すのは引き続きコッソリねっ。

「一葉たちのクラスは、カジノだったよな」

「そうそう、荒稼ぎしちゃおっ」

考えてるうちに、華音たちの教室に到着。

「いらっしゃいませぇ♡」

「らっしゃっせー」

ちょうどシフトに入ってたみたいで、媚《こ》び媚びの華音といつも通り抑揚の少ない一葉ちゃんが出迎えてくれた……バニーガール姿で。

「カジノといえば、これでしょっ？　ちな、私の提案でーす」

「この女にしては良い提案であったと言えましょう」

華音がバチンとウインクして、一葉ちゃんがそう続ける……けども。

「ねぇこれ、大丈夫なの……？　色んな意味で……」

「もっちろん、ちゃんと生徒会の承認も取ってまーすっ」

「合法バニーですので、ご安心ください」

「よく通ったね……」

まぁあの会長さん、お堅く見えて実は結構そうでもないもんね……。

「中では各種トランプゲームにサイコロゲーム、ルーレットなど数々取り揃《そろ》えております。なお、初期チップは十枚配布です……どうぞ」

と、一葉ちゃんが紙製のチップを手渡してくれる横で。

「チップを賭けてたーっくさん増やして増やして、豪華景品をゲットしてねーっ♡」

目のとこに横ピースを持ってきた拍子に、プルンッと『揺れた』。華音のサイズだと布面積がいかにも頼りない感じで、今にも零《こぼ》れ落ちそうでなんか心配なんだけど……。

「ちょっとちょっとお客さぁん、あんまガン見しないでもらえますぅ？」

私にジト目を向けながら華音が腕で胸を隠すと、今度はむにゅうと形が変わる。

「これはぁ？　もう、秀一《しゅういち》センパイのモノなんでっ♡」

こ、これには流石の秀くんもドキドキしちゃうのでは……!?

「俺は、所有した覚えなんてないけどね」

良かった、クールぅ！

「だから秀一センパイなら、お触りもオッケーでっす！」

「その場合、文化祭実行委員として営業停止処分を下さざるを得ないね……でもその衣装は、凄《すご》くよく似合ってると思うよ」

「やたっ」

例によって華音には塩甘気味に対応した後、秀くんは一葉ちゃんへと視線を向ける。

「一葉も、よく似合ってる」

「ふふっ、私のあまりのせくしーさにやられてしまいましたか？」

「うんうん、もうメロメロだよ」

「仕方ないですね、私も兄さんなら少しくらいはお触りオッケーとしてあげます」

「うんうん、恐れ多いから遠慮しておくよ」

生暖かい視線で見守る秀くんとドヤ顔の一葉ちゃんが、そんな会話を交わす中。

「ねねっ、お姉お姉っ」

華音が、コソッと話しかけてくる。

「ジンクスの話って、知ってるっ？」

「巨大なハートのやつでしょ？」

「そそっ、知ってるなら話は早いっ」

と、華音が景品コーナーに目をやったので私もそちらに視線を向けると。

「ウチで、ご用意しちゃいましたっ」

そこでは確かに、大人がすっぽり収まりそうなサイズのハート形クッションがめちゃくちゃ目立つ位置に陣取っていた。

「尤《もっと》も、入手に必要なチップは少々お高めに設定させていただいてはおりますがー？」

「ふっ……誰に言ってるの？」

私ほど幸運な人間なんて、そうそういないと自負している。

何しろ……秀くんと、出会えたんだもんねっ？

あっ、でもワンチャンそこで運を使い果たした可能性も……？

なんて、ちょっと不安に思ってた私だったけど。

「やった、ハートゲットー！」

「おめでとーっ！　わーわーっ！」

「おめでとうございます、義姉《ねえ》……唯華先輩」

なんか今日はかなり運が良かったみたいで、普通に大勝ちして割とあっさりハートクッションを手に入れることが出来ちゃった。

「そんなにあれ、欲しかったんだ？」

「うん、だって……っ！」

微笑《ほほえ》ましげな秀くんに、つい普通にジンクスのことを話しそうになって慌てて口を閉ざす。どうにか良さげな言い訳を捻《ひね》り出せ……！

「リビングにアレがあると、ゴロゴロするのに良いなーって思ってて」

「ふふっ、確かにあれだけ大きいと寝心地良さそうだ」

良かった、上手《うま》く誤魔化せたみたい。

「ところであれ、持って帰れるの？」

「……あ」

ゲットするのに夢中で、そこまで考えてなかったけど……アレを背負って帰るのは、確かにまぁまぁしんどそう……。

「ご安心ください、郵送サービスもございます」

「わっ、至れり尽くせり〜！」

一葉ちゃんがスッと差し出してくれた送付状を、ありがたく受け取る。

「あちらのカウンターでご記入ください」

「はーい」

一葉ちゃんの案内に従って、手続きを進めていく。

んふふっ、これでついに秀くんと永遠に……永遠に……。

……うーん？　なーんかイマイチ、ピンと来てない感じー。

あっさり入手しちゃったから？　まだ実際に手にしたわけじゃないから？　それとも、昔からあるジンクスなのにお店に答えがあるのは変だから？

その辺もあるけど……そもそも、『巨大』ってこのレベルでホントにいいのかな……？

うーん、ジンクスが曖昧だからなー。

慢心せず、文化祭終了まで更にでっかいハートの探索を継続だっ！

とはいえ、これ以上のサイズとなると物理的に『入手』不可能って気もするけどねー？

♠　♠　♠

「んーっ、揚げアイス美味しーっ」

「考えてみればこれ、文化祭以外では食べない謎の食べ物だよな……」

カジノの後も、俺と唯華は宣伝の札を下げながら普通に文化祭を楽しんでいた。

「おっ」

行く先にあった看板を見て、ちょっとしたイタズラを思いつく。

「お化け屋敷だ。入ってみるか？」

「……秀くんの、イジワルっ」

ニッと笑って言うと、ちょっと拗《す》ねた表情の唯華に睨《にら》まれて……可愛《かわい》い。

なるほど、好きな子に意地悪したくなる心理というのはこういうことなのかもしれない。

なんて、十八にもなって小学生男子の心理を理解した俺だった……と、そこで。

「唯華」

「っ」

小さく呼びかけ、唯華の肩を抱き寄せる。

前から歩いてきていた男性と軽く接触しそうなコースだったので、咄嗟《とっさ》の判断だった。

「っと、ごめん」

不意に触ってしまったことを謝罪しながら、肩から手を離す。

「んふっ、謝ることなんて何もないでしょ？　ありがとねっ」

俺の意図を全部理解してくれてるらしい唯華は、ニコリと微笑みを浮かべた。

だけど俺が手を離しても、唯華は離れることはなく。

「人が多いしー？　ぶつかっちゃわないよう、くっついて歩かないとねーっ？」

なんて言いながら、俺の腕を搔《か》き抱《いだ》く。

「……かもな」

新婚旅行の時に散々やった体勢だから、もう慣れた……なんてことは、少しもなくて。

唯華の体温が間近に感じられるだけで、ドキドキしてしまう。

だけどそれを表に出さないよう、どうにか平静な顔を意識して形作っていたところ。

「すみません、写真撮らせてもらっていいですかー？」

「そのコス、鬼似合ってますねーっ」

他校生らしき女性二人組が、スマホ片手に話しかけてくる。

「構いませんよ」

「ポーズの指定とかありますかー？」

実のところこの手の依頼は本日五件目で、俺も唯華もすっかり慣れたものである。

「そのままでお願いしまーすっ」

「失礼して……っと」

パシャリ。スマホのシャッター音が鳴った。

『ありがとうございましたっ！』

「いえ、お安い御用です」

「ウチのクラスでコスプレ喫茶やってるんで、よろしければお越しくださいねっ」

「はい、絶対行きます！」

「わー、楽しみだなーっ」

俺と唯華の宣伝に、女性二人は色良い反応を返してくれる。

一応、広告塔の役割もそれなりに果たせているのではないだろうか。

「すっごいお似合いのカップルだったよねーっ」

「かーっ、眼福でしたわーっ」

去り際、二人のそんな声が耳に入ってきた。

「……私たち、さ」

すぐ傍《そば》で、唯華が見上げてくる。

「カップルに、見えるんだね」

「……まぁ、この構図ならな」

俺たちの関係が露見するリスクを考えれば、速やかに離れるべきなんだろうけれど。

「でも、その方が目立って宣伝効果あるっぽいよねー？」

「……かもな」

そんな言い訳を口にして。

俺たちは、腕を組んだまま歩き始めた。

「そこのお二人さん、ただいまカップル限定イベントやってるんですけどいかがですかぁ？　チェキを撮ってもらうだけの、簡単なお仕事でーすっ」

通りかかった教室の中から、そんな呼び込みをされる。

「メッセと一緒に飾るんで、宣伝にもなると思いますよっ」

俺たちが首から下げた札を見て、そう付け足された。

「宣伝になるなら……ねぇ？」

「……だな」

やっぱり都合の良い言い訳を使って、俺たちは頷《うなず》き合う。

「それでは二名様、ご案内でーすっ」

だが、この判断は早計だった。

俺たちは、もっと詳細まで確認すべきだったんだ。

「こちら、カップル限定ジュースでーす！」

『んんっ……⁉』

席についで出された飲み物を見て、俺たちは思わず唸《うな》った。なにしろ、コップは一つで……絡み合ったストローが二つ付いているという、『そういうやつ』だったんだから。

「お二人で飲んでいる場面をチェキさせていただきまーすっ。あっ、キスシーンの撮影をご希望されるカップル様もいらっしゃいますがいかがなさいますかー？」

『ジュ、ジュースで……！』

選択肢は、実質一つだった。

「それではどうぞっ」

と、カメラを構える店員さん。

あまり待たせるのも悪いから……なんて、また都合の良い言い訳を用意して。

俺は、唯華と一つ頷き合ってストローに口を近づけていく。

なーに、この程度なんてことはない。俺はこれまでに、もっと大きな試練を乗り越えてきたいや近い近い近い可愛い美しい！

「撮影しまーすっ」

パシャリ。シャッター音が鳴って、俺は内心安堵《あんど》する。

これで、口を離しても……。

「お持ち帰り用にもう一枚撮影致しますので、そのままでお願いしますねーっ」

んんっ……！　そういうのもあるんですねぇ……！

♥　♥　♥

「んふっ、これもアルバムに飾っちゃおうねー？」

「……だな」

試練の時を乗り越え、私はどうにかイタズラっぽい笑みを形作りながら貰《もら》った写真をヒラヒラ振る。だって、さっきの距離なんて……キスの一歩手前くらいだったもん……！

キス……キスかぁ……いつか出来る時……来るのかなぁ？

秀くんとキス……おひゃぁっ⁉　想像するだけで、心臓が弾《はじ》け飛んじゃいそう……！

「唯華」

「うん？」

密《ひそ》かに妄想してたとこに小声で呼びかけられて、慌てて取り繕った表情で秀くんを見上げる。すると秀くんは、私の顔に手を伸ばしてきて……んおっ⁉　あ、顎クイ⁉

えっ、これはまさかのホントにキスタイム⁉

秀くんも、さっきのでキスゲージがマックスなの⁉

「ここ、ジュース跳ねてるよ」

……ですよねー、知ってた。

顎を拭ってくれた秀くんに、思わず半笑いが漏れそうになったのをどうにか抑え。

「んふっ」

もう一度、イタズラ顔を形作る。

「キス、されちゃうのかと思ったー」

「そ、そんなことするわけないだろっ」

途端に慌てる秀くんが可愛くて、ニヤニヤ眺めながら。

……ですよねー。キスなんて……するわけ、ないよね。

秀くんにとって、私はそういう対象じゃないんだから。

私は……今すぐにだって、したいと思ってるのにな。

♠　♠　♠

そう……間違っても、キスなんてするわけはない。

唯華が、そう望んでくれない限りは。

……だけど、もしも望んでくれるのなら。

今すぐにでも……いやいや、不埒《ふらち》なことを考えるなっての！

「ねぇ次、あそこ行ってみよっ」

当然、俺と違って変なことを考えていない唯華はフラットな表情で前方を指す。

「占いの館、か。確かに面白そうだ」

「ワンチャン、何かヒントになるかもだし……」

「ヒント……？」

唯華の発言に、俺は首を捻《ひね》った。

「や、なんでもっ。ほら、行こ行こっ」

露骨な誤魔化《ごまか》しではあったけど、追及はしないでおく。

「おぉっ、なんか本格的だねっ」

「雰囲気あるね」

ライトの使い方が良いのか、中はちょっと薄暗くも神秘的な空気感だった。アロマの香りもそれに寄与しているみたいだ。教室内は幾つかのブースに分かれてて、入り口に掲示された説明文を見るとカーテンが開いてるブースが今入れるところらしい。

「あそこ、空いてるね」

「他は……埋まってるか」

　というわけで、唯一空いていたブースに入ると。

「ようこそ、占いの館へ……おっと？」

　厳かな声の最後が、ちょっと可愛《かわい》く跳ねる。

　俺も、少しだけ驚いていた。

　たまたま入ったとこに、知り合いがいるとは思ってなかったから。

「財前《ざいぜん》会長、よくお似合いですよ」

「ここ、会長さんのクラスだったんだーっ」

　いつものキリリとした雰囲気に、黒いローブがよく似合っていた。

　……言う程いつもキリリとしてたか？　という気もしなくはないけど。

「お二人も、凄《すご》く美しいですよ。そうしていると、人外夫婦みたいですね」

　割と真実を言い当てている発言に、ギクリと頬《ほお》が強張《こわば》りかけるのをどうにか堪《こら》える。

「ははっ……ご存《ぞん》知《じ》かと思いますが、ウチのクラスはコスプレ喫茶をやっていまして。俺たち二人、宣伝を押し付けられたんですよ」

「おっと失礼。近衛《このえ》先輩には、大切な許嫁《いいなずけ》さんがいるのでしたね」

　言外に望んで二人でいるわけないことを匂わせると、ちゃんと伝わってくれたようだ。

　まぁ、その『大切な許嫁』に当たる存在が隣にいる彼女で合ってるんですけどね……。

「私のはタロット占いなんですが、何か具体的に占ってほしいことなどありますか？」

尋ねながら、財前会長は慣れた手付きでカードをシャッフルしていく。

「実は、趣味でやってまして。結構当たると評判なのですよ？」

俺の内心を見て取ったか、財前会長は少しイタズラっぽく笑った。

「占いの内容……烏丸さん、何かある？」

「うーん……会長さんに、お任せでっ」

水を向けると、唯華はちょっと考えた末にそう言って親指を立てる。

「承知致しました。それでは、ざっくりお二人の近い未来について占ってみますね」

カードをセットし、むむむと何かを念じるような表情で捲《めく》っていく財前会長。その手際を、感心の面持ちで眺めることしばし。

「ふむ」

結果が出揃《でそろ》ったらしく、財前会長は一つ頷く。

「お二人には本日学校で、衝撃的な出来事が訪れる……と、ありますね」

「へぇ……二人共に？」

「えーっ、なんだろう楽しみーっ」

ワクワクした様子を隠そうともしない唯華。

一方の俺は、占いはそんなに信じる方じゃないけど……唯華と一緒にいると、衝撃的なことなんて割としょっちゅうだから。きっと、今日もまだまだ何かあるんだろうな……なんて思って、内心では結構ワクワクしているのだった。

♥　♥　♥

会長さんとサヨナラして、占いの館を出る。

「衝撃的な出来事ってなんだろなー、ドキドキするーっ」

「まぁ文化祭だし、何かしらのハプニングやらはあるかもね」

「と見せかけて、文化祭中には何も起こらないかもっ？」

「なるほど、後夜祭でって可能性もあるか」

「そーそーっ、最後まで気が抜けないっ」

なんて、笑い合う私たちは……まだ、知らなかった。

この後、予想よりずっとずっと衝撃的な……一生忘れられないくらいの出来事が。

私達に、訪れるんだって。

第5章　メインステージでは

一通り校舎内と外の屋台なんかを回り終えて、メインステージの観客席へ。

お目当ては……。

『デストロォォォォォォォォォォイ！』

ステージ上でシャウトしている、高橋《たかはし》さんである。

友人とバンドを組んで、有志枠で出演しているのだった。友達に作曲出来る子がいるから今回はオリジナル曲で、作詞は高橋さんって話だったけど……。

『学校なんてぶっ壊せ！　むしろ私がぶっ壊す！　壊せスクール！　壊せジャパンー！　Yeahhhhhhhhhhhhhhh！』

「高橋さん、実はあれでストレス抱えてたりするんだろうか……」

「めっちゃ良い笑顔で歌ってるけどね……」

半笑いの俺の横で、唯華《ゆいか》も似たような表情だ。

「まーカラオケでもよくパンク歌ってたし、純粋に好きなんでしょ」

「ただ文化祭で歌う歌詞じゃないんだよなー……歌詞と表情も合ってないし……」

「まぁ楽しそうだし、いいんじゃないっ？」

「そりゃそうだ」

高橋さんと友人たちは全員凄く楽しそうで、ならそれが全て。何一つ問題なんてない。

高橋さんたちの演奏を、俺たちも楽しませてもらうことしばし。

『センキューでーすっ！』

汗だくながらも輝く笑顔と共に高橋さんたちが観客席に向けて頭を下げると、大きな拍手が送られた。俺たちも、勿論《もちろん》全力で拍手している。

「それじゃ、他のとこ行くか？」

「うーん、時間的にはこのまま次まで見てっても良いけど……何やるのかな？」

確かに次の演目次第かな、と思っていると。

『ガールズ・デストロイヤーズの皆さん、素敵な演奏をありがとうございました』

今はメインステージを取り仕切っているらしい、財前《ざいぜん》会長がステージ上に現れた。

『続きましては、放送部主催のミスタコンです』

「へー、そんなのあるんだ？」

「毎年恒例のやつだな」

尤《もっと》も、俺はこれまで一度も実際には見たことないけれど。

「面白そうっ。見てってもいいっ？」

「勿論」

だけど、唯華が見たいなら否《いや》と言うわけもない。

それに、今の俺は普通にこういう企画にも興味があった。

『ミスタコンの進行につきましては引き続き、わたくし財前が務めさせていただきます』

「うん……？」

財前会長の言葉に、唯華は首を捻った。

「放送部主催なのに、会長さんが司会進行なの……？」

「あぁ、財前会長は放送部の部長も兼任してるんだってさ」

「はえー、そうなんだ。すっごい忙しいそーっ」

「まぁ、実際物凄く忙しい人だけど……でも、毎日充実してて楽しいそうだよ」

「……へー？」

こないだ本人から聞いた話を伝えると……なぜか、唯華はジト目を向けてきた。

♥　♥　♥

「そんな話をするくらい、会長さんと仲良くなったんだねー？」

「そりゃ雑談くらいはするさ」

私がジト目を向けても、秀《しゅう》くんは涼しい顔で肩をすくめるだけ。

ていうか……実は準備期間中、ちょっと思ってたことがあって。

「秀くんさー、なんか会長さんと話す機会やけに多くなかった？」

「そりゃ、俺が報告係だったし」

「でも他のクラスの人たちは、あんなに頻繁に報告してなかったでしょ？」

「報連相がマメなのに越したことはないだろ？」

「そんなこと言ってー。実は、会長さん自身が目当てだったりー？」

「……ははっ、そんなわけないだろ」

……んんっ？　いや、完全に冗談だったんけど……なんか今の反応、変じゃなかった？

えっ、まさかワンチャン本当に……なんてことは、思わないけれど。実際、秀くんと会長さんの距離感ってなーんか妙な気はしてるんだよねー。なんだろうな、単純な先輩後輩の関係とも友人関係とも違う、強いて言えば……『仲間』？　みたいな？　そんな気安さみたいなのを感じるというか？　……あっ、もしや？

「烏丸《からすま》さん。隣、いい？」

「おっ、伊達《だて》くん」

とそこで声を掛けられ振り向くと、クラスメイトの伊達くんの姿が。

柔道部所属の大柄男子だけど、部活外では自分の名字にちなんで伊達メガネを常用してるオシャレさん……が、めちゃめちゃちょうど良いとこに来てくれたよねっ。

「勿論、いいよ。伊達くん、足大変だよねー」

こないだ部活中に骨折しちゃった伊達くんの右足には、未《いま》だギプスが巻かれている。

「流石《さすが》にもう慣れたよ。クラスの皆と……二人にも、迷惑かけちゃったけど」

「迷惑だなんて、思ってないってー」

「そうそう。思わぬ器用さを発揮してくれてむしろ助かったよ」

「明らか、瑛太《えいた》より戦力になってたよねー」

「ぶっちゃけ、最初の人選をミスってたな……」

「ははっ、ありがとう」

よし、会話が一段落した今がチャーンスッ。

「ねぇ、ところで伊達くん」

秀くんがステージに目を向け直したところで、私はこそっと伊達くんに話しかける。

「ちょーっとお願いがあるんだけど、いいかなっ？」

そして、伊達くんは私の『お願い』を快諾してくれて。

「ねーねー秀……近衛《このえ》くん、見て見てーっ」

今度は秀くんの腕をつんつんっとつつく。

「何……んおっ？」

私の顔を見て、秀くんはちょっとだけ驚いた表情になった。

その原因……伊達くんに借りた伊達メガネを、クイクイッと上げ下げして見てる。

「烏丸唯華、メガネモードっ」

「ははっ、よく似合ってるよ」

「……それだけ？」

「……？　可愛《かわい》いよ」

「ふふっ、ありがとっ」

秀くんは、そう言ってくれたけど……反応としては、まぁ『普通』。

うーん、これは見込み違いだったか……ワンチャン、秀くんと会長さんがメガネフェチ同盟って可能性もあるかと思ったんだけどー？

「ん？　はい、もしもし？　今から？　今ステージ来たとこなのに……まぁいいけど」

とそこで、隣から伊達くんのそんな声。

「ごめん二人共、部活の方でヘルプ頼まれたからもう行くね」

「あっ、じゃあこれ返すね。ありがとー」

「どうせ伊達だし、しばらく使っててくれててもいいよ？」

「ううん、やりたいことはやれたからっ」

「そう？　なら良かった」

と、メガネを返すと伊達くんは松葉杖《まつばづえ》を突きながら去っていった。

「……メガネ、伊達くんに借りたんだ？」

そんな私たちの様子を見た秀くんは、なぜかちょっと微妙そうな表情？

「そだよー、似合ってたでしょ？」

「うん、まぁ、似合ってはいたんだ、けど……」

もにょもにょっと、秀くんの語尾がなんだか曖昧になっていく。

「……あんまそういうこと、男子と軽々しくしない方が良いと思う」

「？　何が？」

「その……間接メガネ、的なの？」

「ぶふっ⁉」

突如出てきた謎ワードに、思わず吹き出しちゃったよね。

「あははははは っ、間接メガネてっ」

「いや、笑い事ではなくて……」

「え？　これ、まさかの真面目な話なの？」

秀くんは冗談を言ってるような雰囲気じゃなくて、私も思わず真顔になっちゃった。

「男子って、ホントそういうしょうもないことで勘違いする生き物だから……」

「メガネを貸したら、好きになっちゃうってこと？　いやいや、流石にそれはないでしょー。伊達くんもそんな感じじゃなかったじゃんっ」

「伊達くんは彼女もいるわけだしね……でもメガネを借りるってことは、少なくとも嫌われてはないってことだろ？」

「んあー？　まぁ、確かに嫌ってる相手からは借りないだろうけど？」

「そこから、『もしかして俺のこと好きなのかも……？』の勘違いに至るまでの男子の心の距離は……女子が考えているより、ずっと近い」

「はえー、そういうもん？」

「たぶん……なので、今後そういったことは控えるべき……かと、思います……」

「はいはーい」

……あれっ？　ていうかこれ、もしかしてさ。

秀くん……ちょっと、ジェラっちゃってる……とかっ？

ふふっ、なんてねっ。流石にそんなわけないかっ。

普通に、私の迂闊《うかつ》な行動を心配してくれてるだけだよねー。

いつものこといつものことっ。

♠　♠　♠

我ながら、小さい男だと思う。

唯華に今言ったようなことも、嘘《うそ》のつもりはないけれど……正直、言い訳だ。

本音を言えば……さっき、ちょっとモヤッとしてしまったから。

身に付けてるものの貸し借りって、結構親しい感じがするし……いや勿論、二人の間にそんな感情が一切ないことはわかってるんだけども。

身勝手にも、思ってしまった。

あまり、やってほしくないと……俺以外とは。

俺って、こんなに嫉妬深い方だったのか……。

「はーっ、笑ったら喉渇いちゃった。それ、一口ちょーだい？」

「あっ……!?」

地味にヘコんでいる俺の手から、唯華がジュースのコップをひょいっと取る。

そして、躊躇《ちゅうちょ》する様子もなくストローに口を付けた。

「はーっ、美味《おい》しっ」

「だから、そういうことを気軽にするなと今申し上げたばかりなのですが……⁉」

間接メガネはともかく、これは普通に男子絶対勘違い案件だからな⁉

「安心してよ、これは流石にさ」

なんて言いながら、唯華は俺の耳元に唇を近づけくる。

「秀くん以外とは、しないからねっ？」

「っ……」

それは……唯華も、男子との距離感についてはちゃんと意識していて。

だけど『親友』は、その判定外……ということなのだろうけれど。

本当に……俺だって、勘違いしそうになってしまう。

♥　♥　♥

ちなみに、ミスタコンの結果はといえば。

「オレを選んでくれた皆さんありがとっ、愛してるよーっ。三年八組コスプレ喫茶やってるんで、皆良かったら来てくれると嬉《うれ》しいなっ」

なんと、瑛太が優勝……！

ステージ上で優勝者のタスキを掛け、チャラく観客の皆さんに愛想を振りまいていた。

「なんで出てんだか……自薦って言われてたし、自意識エベレストすぎでしょ……」

「それで実際に優勝したんだから、実態に即してるんじゃないか？　アピールタイムで見せた演武も、流石に見事なもんだったし」

「まっ、それは確かに。中身知らないと、格好良いーっとか騙《だま》されちゃうのかもねー？」

だけど。

「秀くんも出てれば、秀くんが優勝だったかもねー？」

「そんなわけないだろ……」

「えー、いけると思うけどなー？」

実際、秀くんが出ても良い線はいってたと思うけど……下手に注目度が上がって、モテモテになっちゃっても困るし？　これで良かったのかもねっ。

「それより、そろそろ」

「あっ、そうだね」

秀くんが腕時計に目を落としたから私も時間を確認すると、文化祭実行委員の定期報告会がそろそろ始まる頃だった。その後はまたクラスのシフトだけど、もし報告会が早めに終わればまたちょっと時間ができるはず。

外を回ったりステージを見たりしている間も、密《ひそ》かにずっと『巨大なハート』を探し続けてた私だけど……結局、それらしきものは見つけられないままだった。

出来れば、もうちょっとだけ探してみたい。

お願い、何の問題も起こってなくてサクッと終わってぇ……！


……という、私の願いも虚《むな》しく。

「お姉、秀一センパイ、お願い！　ベストカップルコンテストに出てくださいっ！」

顔を出すなり、パンッと手を合わせる華音《かのん》に頼み込まれてしまった。

「参加希望者が少なくてぇ！　絵面的に、せめてもう一組くらいは欲しいのっ！」

「いやでも、流石に俺らがカップルとして出るのは問題が……」

秀くんが懸念してるのは、万一私たちの関係の発覚に繋《つな》がったらってとこかな？　文化祭を一緒に回る程度ならともかく、ベストカップルコンテストに出るのは言い訳不能にカップルだもんね。尤《もっと》も、そこから一足飛びに『結婚』まで繋がることはないと思うけど。

「そうだよ華音。皆にカップルだって思われたら困っちゃう」

私も、それに乗っかることにする。コンテストに出ちゃったらハートを探す時間をなくなっちゃう……っていうのが、私が参加を避けたい主な理由だけど。

「私たち……付き合ってるわけじゃ、ないんだし」

自分で言いながら、チクリと胸が痛んだ。

「そこは、二人はホントのカップルじゃないゲスト参加です！　って明言しますんで！」

「それで俺たちが出る意味あるの……？」

「付き合ってない普通の男女だとこんな感じだけど、ベストカップルならー？　っていう、比較のための出場枠的な？　的な的な？」

「あー、なるほどね？　でもごめん、俺たちこの後もクラスのシフトが……」

「さっき瑛太センパイに電話で聞いたら、『オッケーイ！』って軽〜く了承してくれましたっ！　瑛太センパイと陽菜《ひな》センパイが代わりに入ってくれるそうです！」

「根回し早いね……」

あっ、なんか秀くんが懐柔されかかってる……!?

「……ていうかそれ、華音が誰か他の男子と出ればいいんじゃないの？」

「あそっか！　私が秀一センパイと出ればいいんだーっ！」

くっ、わざわざ『他の男子』って言ったのに……！

あと、いちいち秀くんの腕に抱きつくのやめなさいって！

「って、言いたいとこなんだけどぉ」

と思ったら、今回はすぐに秀くんから離れる華音。

「私には、会長さんと司会を務めるっていう大役があるのだっ」

おどけた敬礼ポーズで言う華音には、そういやそんな役割が割り振られてたね……割り振られたっていうか、めちゃくちゃ自分から立候補してたけど……。

「……私は、一人で司会を全うしても構いませんが？」

そう言う会長さんは、たぶん華音の想《おも》いに気遣ってくれてるんだと思う。

「や、それは流石《さすが》に申し訳ないですし、段取りも結構変わっちゃうと思うんでーっ！　でもでもっ……お姉がどーしてもイヤって言うなら、やっぱり私が秀一センパイと出るしかないのカナー？　もーっ、しゃーなしだゾッ？」

と、秀くんの腕をつんつんとつつく華音。

チッ、そういう手が来たか……秀くんと華音で出させたくないのは勿論《もちろん》、私が断ることで会長さんに負担をかけることになってしまうという構図……仕方ない。

「……私が、近衛くんと出ます」

「ホントっ？　ありがとお姉、大好きーっ！」

と、今度は私に抱きついてくる華音。ホント、調子いいんだから……。

やれやれ、秀くんとベストカップルコンテストだなんて……しゃーなしだゾッ？

♠　♠　♠

こうして、ベストカップコンテストに出る羽目になった俺たち。

「一応聞くけど、普通に最下位狙いってことでいいんだよな？」

「そだねー。変に大会を邪魔しちゃわないよう、モブに徹してよう」

事前に、方針を打ち合わせしておく。

「ちなみに、わざとカップルっぽくない振る舞いとかする？」

「華音の説明的にも、普段通りにしてればいいんじゃない？　だって、私たち……」

「……そうだな、俺たち」

『カップルじゃ、ないんだし』

重なる声に、チクリと胸が痛んだ。

なんて一幕もありつつ、移動して。

「さぁ、いよいよ始まりますベストカップルコンテスト！　果たして、最強のバカップルの称号を手にするのはどのカップルか！　司会は私、烏丸華音と！」

「財前沙雪《さゆき》でお送りして参ります」

ハイテンションな華音ちゃんと、静かな調子ながらもよく通る財前会長の声。

バランスの良い司会コンビを、メインステージの舞台袖から眺める。

「なお今回はポイント制などではなく、全てのアピールタイムが終わった後に観客の皆さんからの投票によってベストカップルを決めていただきまっす！　皆さん、どのカップルに入れるか考えながら楽しんでくださいねっ！」

「ベストカップルを決めるのは、ステージの前の貴方《あなた》たちです」

この方式は勿論、事前に委員会で話し合って決めたものだ。ステージ上で完結するより、観客参加型の方が盛り上がるだろうということで……。

『わぁぁぁぁぁぁぁぁぁぁぁぁぁぁぁぁぁぁ！』

果たして狙いは上手《うま》くハマったみたいで、会場はのっけから盛り上がりを見せていた。

これまでのステージで、場が温まってるっていうのも大きいだろう。

「それではご登場いただきましょう！　最初のカップルは、付き合って一年目の——」

♥　♥　♥

順番にカップルがステージ上に出ていって、軽い自己紹介や馴《な》れ初《そ》めなんかを話す中。

「最後は、近衛秀一&烏丸唯華ペア！　この二人は、付き合って……ません！　文化祭実行委員からの特別参加枠でーすっ！　付き合ってない男女なんてこんなもんだよねっ、という基準となっていただきます！」

華音に呼ばれて、私たちも少しぎこちない笑みを顔に貼り付けてステージ上に出る。

「それでは、自己紹介と意気込みをどうぞっ！」

司会席からマイクを向けてくる華音だけど、あれはハリボテ。

全員にピンマイクが付けられてて、これで声を拾っている。

「三年八組の近衛秀一です。普通に、普通の男女として振る舞いたいと思います」

「同じく三年八組、烏丸唯華です。審査の参考にしてくださいねっ」

秀くんと一緒に、そんな適当なことを返しておいた。

「お二人、ありがとうございまっす！　それでは早速、一つ目のアピールターイムっ！」

今回、アピールタイムは四回を予定している。

一個目は確か……。

「見つめてスリーミニッツ！」

んんっ……!?　なんか、聞いてたのと違う気がするんだけど……!?　相手の好きなとこ何個言えるかな、とかじゃなかった……!?

あれ？　でも会長さんも何も言わないし、私の記憶違いなのかな……？

♠　♠　♠

……聞いてたのと、なんか違うんだが？

内容を予め《あらかじ》知ってる俺たちに影響が出たりしないように、とかって直前に変更されたのかな……？　にしても、見つめてスリーミニッツ？　どういう内容なんだ……？

「さてこのアピールタイムでは、その名の通り三分間見つめ合ってもらいまーす！」

……？　それだけ？

照れちゃ駄目とか、目を逸《そ》らしちゃだめとか、そういうことなのかな……？

「それでは各組、向かい合ってー？　スタートっ！」

とにもかくにも、言われた通りに向かい合って唯華と見つめ合う。

……いつも見てる目ではあるけど、こんなにジッと見つめるのは流石に初めてで。

「なんだか、ちょっと恥ずかしいねっ」

「……だな」

マイクに入ってしまわないよう、小声で囁《ささや》き小さく笑みを浮かべ合う。

それにしても……改めて、綺麗《きれい》な瞳だ。宝石みたいにキラキラ輝いて見えるそこに、俺の間抜け面が映ってしまっているのが勿体《もったい》なく感じる。いつまでだって見てられるし、いつまでだって見ていたいな……。

♥　♥　♥

嗚呼《ああ》、なんて素敵な瞳。意志の強さが窺《うかが》える真《ま》っ直《す》ぐな目が、今は私だけを映してくれている。ずっと……私だけを見てくれたら、いいのにな。

はぁっ、それにしても麗しくて愛《いと》おしい……いつまでだって見てられるし、いつまでだって見ていたい……この機会に、存分に堪能……。

「はーい、三分経過でーすっ！」

えっ、もう三分経《た》ったの？　まだ三十秒くらいじゃない？

……ていうか、結局これで何がアピールできたんだろ？

「一秒、三秒、九秒、二十一秒、二分二六秒！　なんの数字か、わかるかなっ？」

ん……？　なんだろ、法則性も特にない気がするけど……。

「会場の皆はわかるよねっ？　正解は、私が各カップルの周囲をウロチョロした時間、でした！　ちなみに私は、お二人のどちらかから目を向けられた時点で移動してまーすっ」

そんなことしてたんだ……でも、まぁ。

「一秒て。たぶんアレでしょ？　最後に私たちのとこに来る途中で、タイムアップになったから引き返したとかでしょ？」

「確かに、周囲にそんな気配感じなかったしね」

「違うわお宅が二分オーバーだっての！　めちゃめちゃ二人の周りをグルグル歩いたし横で激しくブレイクダンスまで踊ったわ！」

「うっそ……」

「マジか……」

全然気付かなかった……。

「二人の世界に入っちゃってたもんねーっ？」

「きょ、競技に集中していただけなので……！」

「そ、そうそう！　そういうルールなんだもんねっ！」

「にひっ、確かにね？」

「流石、実行委員の二方は真剣にお題に取り組んでいただいていますね」

なんかやけに嬉《うれ》しそうに笑う華音と、真面目な顔で頷《うなず》く会長さん。

一応、フォローはしてくれるんだね……。

「それではそれでは、続きましてのアピールタイムはっ？　カノジョをキュン死させちゃおう！　俺的ベスト胸キュン台詞《せりふ》～！」

イエーイと華音が手を振り上げると、観客席から大きな拍手が送られる。

「これまたその名の通り、カレシさんはカノジョさんをキュンッ♡　とさせる台詞を言ってねっ！　今回は、フリースタイルでーすっ！」

「カノジョさんのリアクションも見どころですね」

ていうか、また知らないやつに変わってるんだけど……。

♠　♠　♠

「あまーい！」

「女子なら言われてみたい台詞ですね」

俺たちの一組前のカップルのアピールタイムが終わる。

やべぇな、まだ何を言うか決められてない……ていうかこのお題、俺たちの『付き合ってない男女』っていう設定だと無理がないか……？

えーと、普通の男女でも言うような台詞って……いやそうか、むしろ難しく考え過ぎてたな。つまり、俺が普通に唯華に言うことを想定すればいいんだ。キュンとさせるのは無理かもだけど、とりあえずそれっぽいこと……というか、普通に今考えてることを……。

「今日、凄《すご》く可愛《かわい》いね」

「ふふっ、ありがと」

伝えてみると、唯華は余裕のある笑みを浮かべた。

「でも、今日だけなのかなー？」

なんて、イタズラっぽく反撃してくる余裕っぷりだ。

「ごめんごめん、いつも可愛いけどね？　でも……」

流石《さすが》にここであっさりで終わっちゃうと、趣旨に反する気がするし。

もうちょっとだけ踏み込んでみて……。

♥　♥　♥

秀くんは、そっと私の耳元に唇を近づけて。

「毎日……昨日の君より、もっと可愛くなってるからさ」

おんぎゃあぁぁぁぁぁぁぁぁぁぁぁぁぁぁぁぁぁぁぁぁぁぁ!?

だから、低音イケボは禁止カードなんだって！　しかも、内容が……！　嬉しすぎる……！　私だって自分磨きしてるし、それをわかってくれてるんだなって感じで……！

……ヤバヤバっ、あまりに不意打ちすぎて固まっちゃってた！　えっ、やだ、ていうか私、表情取り繕ってない！　絶対今、ザ・恋する乙女って顔で真っ赤になっちゃってるよー！　ウソ、こんなとこで私の気持ちがバレちゃうの……⁉

「っ……⁉」

ほら、秀くんビックリした顔しちゃってるぅ……！

……うん？　かと思えば？　皆からは見えない角度で、ニヤリと笑って親指グッ？

……？　⁇　……あっ、もしかして……『ナイス演技』ってこと⁉　趣旨に沿って、キュンってした演技してるって思われてる⁉

「やだイケメンっ！　私にも言ってほしいな〜っ！」

「素敵なキュンを、ありがとうございました」

ま、まぁ、とにかく気持ちがバレたんじゃないなら良かった……。

……いやこれ、ホントに良かったのかなぁ？

「続きましては、イチャイチャタ－イム！　こちらはシンプルに、普段通りのイチャイチャを見せていただければと思いまーすっ！」

「シチュエーションの指定はご自由に」

もしかして……今まで私が、からかう体だったりで取り繕い続けてきたせいでさ。ガチのリアクションしても、信じてもらえなくなってない……？

♠ ♠ ♠

「ナーイスなイチャイチャでしたー！」

「どのカップルも砂糖を吐きそうになってしまいますねもっとやれ」

イチャイチャ、イチャイチャねぇ……？

まぁ俺たちの肩書き的に、それこそいつも通りに過ごせばいいのかな……？

「それでは続きまして、秀一&唯華カップル！　どうぞっ！」

「シチュエーションの指定などはございますか？」

「えーと、じゃあ……」

唯華と目を合わせて、頷き合う。

『家デート、で』

特に打ち合わせもしてなかったけど、意見はやっぱり一致していた。

椅子を二つ持ってきてもらい、並べて座る。

「…………」

「…………」

お互いにスマホをイジる、イチャイチャとは程遠い空気。

今回も流石にこれだけだと、趣旨に反すると思うので……。

♥　♥　♥

ツン、と小指に当たる肌の感触。それから、ゆっくりゆっくり手が重なっていく。

触れあったところから、ジワジワ熱が広がってくみたい。

お互い、もう片方の手はスマホを握って目はそこに向けたまま。

でも、意識は手の方に持ってかれてて……ギュッと秀くんが恋人繋《つな》ぎで握ってくれた瞬間、私の心臓も握り潰されたかと思った……！

だっていつもは私の方から繋ぎに行ってるから、秀くんの方から積極的に来てくれるとホントにキュンキュンしちゃう……！

『んんっ……!!』

『!?』

なんて思ってたところに、観客席から謎の呻《うめ》き声が上がって私たちはビクッとなった。

「ここで会場が一体となったぁっ！　エゲつないエモみによって、大虐殺が発生中ぅ！」

「悔いのない死に様です……」

「たった今、会長も尊死されましたっ！」

えっ、そんな言うほど？　だって、他のカップルの方がもっと大胆なことしてたし……

こんなの、軽いスキンシップの類だと思うんだけど……。

「付き合ってない二人からしか摂取できない栄養素が、確かに存在する！」

「お互い照れながらもそれを表には出さず、けれどしっかりと手は繋ぎ合っているところに『絆《きずな》』を感じられてエモポイントが高いですね」

よくわからないけど、なんかそういうことらしい……えっ、ていうか私が照れてたのってなんで会長さんにバレてるの……!?

「さて、早くも最後のアピールタイムのお時間となって参りましたっ！　ラストのお題は……これぞ王道！　『告白』だぁ！」

「これもシンプルに、皆さんが実際にした告白を再現して我々に見せてください」

「最後の一本だけに、印象バツグン！　ここでビシッと決めちゃえば、どのカップルにも優勝のチャンスがアリアリですよっ！」

……ところでさ。なんか、ちょーっとだけヤバい雰囲気を感じないでもないんだけど。

♠　♠　♠

ここに来て、一つ懸念事項がある。

それは……なんか俺ら、謎にウケちゃってね？　という点である。

さっきの会場のリアクション然《しか》り、俺たちの時の反応が一番デカい……ような気が、しなくもない。他のカップルの方が、よっぽどカップルっぽいことしてるはずなのに……。

ないとは思うけど、変に票が入っちゃっても困るし……念のため、最後はウケ狙いに走るとかした方が良いんだろうか……？

「ナイッス告白、ごちそうさまでしたーっ！」

「とてもロマンチックな告白でしたね」

って、考えてるうちにもう俺たちの番じゃねぇか……！　まだ何も決めれてない……！

……ていうかこれ、そもそも俺たちの場合はどうなるんだ？

「さて、続いて最後のカップルですが……『実際にした告白』というこのお題、実行委員のお二人にはどういう形でご対応いただきましょうね？」

「じゃあじゃあ～？　ホントに告白するなら、何て言うっ？　とかっ？」

「良いですね、ではそういう感じでどうぞ」

んんっ……！　二人して、軽い調子で爆弾放り込むのやめていただけます……⁉

これで変な告白して、万一唯華に「へー、秀くんはこんな告白で私を落とせると思ってるんだー？」とか思われたらとか考えると……いや待てよ？

閃《ひらめ》いた。お題に沿っており、唯華に変な誤解を与えることなく、最下位にもなる。

「烏丸唯華さん」

最適解は……これだ！

「俺と、結婚してください」

実際にしたプロポーズであり、当然唯華もそれをわかってるので誤解のしようもない。

そして、普通なら最初の告白がこの台詞というのは重すぎて引くレベルだ。

……が、ワンチャンこれだけだとまだ弱い可能性もある。

そこで、ダメ押しのプラスα。

告白と同時に跪《ひざまず》いた俺は、唯華の手を取り……その薬指に、口付ける。

「っ⁉」

唯華が息を呑《の》む気配が伝わってきた。

ふっ……付き合ってもない段階で女性の指にキスする男とか、皆もドン引きだろう
……………あっ、やらかした。

演技とはいえ、実際に指にキスしちゃったんですけど⁉　付き合ってもない相手の指に
キスするとか、下手すると通報ものですよねぇ……⁉

「はっ……！　はい……！」

どこか弱々しい返事を口にする唯華の顔を、恐る恐る見上げて……ホッとする。

「っ……！　っ……！」

笑いを堪《こら》えているせいで真っ赤になった顔を逸《そ》らし、唯華は口元に手を当ててプルプルと震えていたから。良かった、ウケただけで引いたり気持ち悪がったりしてる様子はなさそうだ。にしても、そんな笑う程のことだったかな……？

なんて、俺がちょっと疑問を覚えつつも安堵《あんど》の息を吐いていると。

『キャアアアアアアアアアアアアアアアアアアアッ！』

『おぉおおおおおおおおおおおおおおおおおおおお！』

うおっ、なんだ!?

観客席から、女性の……歓声？　と、男性からの、なんだろう、感心の声？

えっ、どういうこと……？　皆もウケてくれた……ってこと……？

♥　♥　♥

秀くん、ホントさぁ……ホンットさぁ……！

そういうとこだよ!?

や、秀くんがやろうとしたことの意図はわかるの。私も、「私たちなんか変にウケちゃってない？　ラストでコケとかないで大丈夫？」とか思ってたから……秀くんも、同じことを考えた結果の行動なんだよね？

そして、まぁ実際のとこ……方向性としては、間違ってないとも思う。付き合ってもない段階でプロポーズした上で指にキスとか、普通の人がやったらドン引きだもんね。

ただねぇ、秀くん……！

己の顔の良さを自覚して!!

秀くんがやったら、絵になっちゃうから！　更に、今の私たちの格好考えて!?　魔女に求婚する吸血鬼とか、なんかこう……！　色々、『ストーリー』的なのが出来上がっちゃうでしょ!?　ロマンティックな光景になっちゃうの！

そして何より……！　私の心臓へのダメージが致命傷レベル……!!

やっぱ、咄嗟《とっさ》に顔背けたけど絶対これ首元まで真っ赤になってるやつだよ……！

……まぁでも、秀くんのことだし？

これも演技してるとか、勘違いしてくれるでしょ……たぶん。

♠　♠　♠

そして、観客からの投票と……一旦控室に戻っての、『準備』も終えて。

「優勝は、秀一&唯華カップルでっす！」

「大多数の票を掻《か》っ攫《さら》っていきましたね」

どうしてこうなった……いやマジで。

結果を伝えられた時点で「本当のカップルじゃないんだから」って固辞しようとしたんだけど、「皆さんそれをわかった上で投票されたのですから」と財前会長に諭され。更に他の参加者の皆さんも、なんか「へへっ、お前らには負けたぜ……！」的な妙に爽やかな雰囲気で接してくるもんだからもう後戻りはできなかった……。

「それでは、優勝賞品の贈呈でーすっ！　賞品はぁ？　なんとなんとぉ？」

「『結婚式』、です」

「神父役はこの私、烏丸華音が務めさせていただきまっす！」

というわけでタキシードに着替えた俺は、渋々また舞台袖で待機しているのだった。

にしても、衝撃的な出来事……確かに発生しましたね、財前会長……実質、貴女《あなた》たちの手によって発生させられたようなもんですけど……。

♥　♥　♥

優勝賞品も、勿論《もちろん》事前に文化祭実行委員会で話し合って決めたもの。ぶっちゃけ今年はほとんどお金が掛からない企画なんで、予算ほぼ全ツッパで本物の衣装をレンタルしていた。せっかくだし可愛《かわい》いのがいいよねー、とか私も含む女子陣できゃいきゃい言いながら選んだウェディングドレスだけど……まさか、自分で着ることになるとは……衝撃的な出来事って、これのことだよねー絶対。

「義姉さん、よくお似合いですよ。とても綺麗《きれい》です」

「……ありがと」

ドレスの裾を持ってくれてる一葉《かずは》ちゃんに、ちょっと複雑な心境で返す。っていうか一葉ちゃん、いつの間にベールガール引き受けてくれたんだろ……なんか、ステージから戻ったらもう控室にいたけど……まぁたぶん華音の根回しだと思うけど、司会の合間によくやるよねあの子もホント……。

「流石《さすが》に『本番』では私がこの役目を負うことは出来ませんため……本日は本番の分まで、全力で務めさせていただきますっ」

「ふふっ、よろしくね」

フンスとちょっと鼻息の荒い一葉ちゃんに、微苦笑交じりに返したところで。

「それでは、主役のお二人にご登場いただきましょう」

いよいよ、出番のようだった。

◆　◆　◆

左右の舞台袖から出てきたお姉とお義兄《にい》さんが、それぞれ中央へと歩み寄る。

「……驚いた。思ってた以上に、凄《すご》く綺麗だよ」

「そっちこそ……想像してたより、ずっと格好《かっこ》いい」

顔を合わせた二人がそんな会話を交わし、観客席から歓声や口笛が吹き荒れた。二人の設定的に、たぶんパフォーマンスだと思われてるんだろうけど……これは普通に、ガチで本音を伝え合っているだけである。

いやぁ、にしてもさぁ？　ベストカップルコンテストでぇ？

お姉とお義兄さんが優勝するなんて……全て、計算通りである。

ていうかむしろこのためにベストカップルコンテストを提案したのであり、私が見たかったからこその結婚式である。人によっては罰ゲームなこの賞品であえて参加者を絞ることで、二人にヘルプを頼むための布石にもなる一石二鳥の策ってわけよ。

更に会長さんと共謀してアピールタイムの内容をよりゲロ甘仕様に切り替えることで、そっちも存分に楽しませていただきましたーっ。とはいえ、流石に最後のお義兄さんの『告白』はちょっと想定外だったけどねっ？

あぁ、あと想定外と言えば……誰も頼んでないのにしれっとワンリーフちゃんがベールガールとして控室に座ってたのはちょっと笑っちゃったよね。どうせ頼もうと思ってたから、手間が省けて助かったけどっ。

さってと、あとは一番間近で二人の晴れ姿を見るだけ！　ふへへっ……まだ付き合ってさえいないのに、皆の前で誓いのキスをしちゃうなんて……やーらしいんだっ？

まっ、流石に今回はフリってか寸止めだけどねっ。

◆　◆　◆

「新郎秀一、あなたは唯華を妻とし、健やかなるときも、病めるときも、喜びのときも、悲しみのときも、富めるときも、貧しいときも、妻を愛し、敬い、慰め合い、共に助け合い、その命ある限り真心を尽くすことを誓いますか？」

「はい、誓います」

親友カプ大好き侍の問いかけに、兄さんがハッキリと返します。

「新婦唯華、あなたは秀一を夫とし、健やかなるときも、病めるときも、喜びのときも、悲しみのときも、富めるときも、貧しいときも、夫を愛し、敬い、慰め合い、共に助け合い、その命ある限り真心を尽くすことを誓いますか？」

「はい、誓います」

続いて義姉さんもまた、同じく。

式は、恙《つつが》無く進行していきます。

普通の式であればベールガールの役割は入場までですが、今回は式の間も諸々《もろもろ》サポートさせていただくため私も未《いま》だ傍《かたわ》らで待機中です。

つまり……この神配信を、最も近くで生視聴出来るということ!!

「では、ベールをあげてください」

本来ならば次は指輪の交換だったかと思いますが、今回は無し。

兄さんが、ゆっくりと義姉さんの顔を覆っているベールを上げていきます。

こちらからでは、兄さんのお顔しか見えませんが……ふふっ。ちょっとの間だけですが、義姉さんにまた見惚《みと》れていましたね？　実の妹の目は誤魔化《ごまか》せませんよ？

そして、いよいよ……。

「誓いのキスを」

ふぉぉぉぉぉぉぉぉぉぉぉぉぉぉ！

来ました本日の配信のメインイベント!!

心のハードディスクに最高解像度でぶち込みますよ！

兄さんが、徐々に義姉さんへと顔を近づけ……っといけません、義姉さんの真後ろとなるこの位置では肝心の場面が見えないではありませんか！

寸止めとはいえ、推しカプの誓いのキスを見逃すなどあってはならないこと！

急いで位置調整を……！

「っ⁉」

あっぶない……！　慌てて動いたものだから、ドレスを少し踏んで転びそうに……！

こんなところですっ転んだら、式を台無しにするという一生モノの罪を背負うところでしたが……ギリギリで前方に手を突くことで、どうにか事なきを得ました……！

…………んんっ？

前……方……？

♥　♥　♥

誰かに、トンと背中を押されて。

♠　♠　♠

柔らかい感触が、そっと。

重なった。

♥♥♥
♠♠♠
♠♠♠

誓いのキスは、三〜五秒くらいがいいそうだ。儀式的な理由というよりは、せっかくのシャッターチャンスが短すぎないようにって配慮らしいけど。

……なんて。どこで誰から聞いたのかも思い出せない話がふと頭をよぎったのは、たぶん現実逃避の一種なんだろう。

驚きのあまり固まってしまった俺たちが、結局何秒くらい繋《つな》がっていたのかはわからないけれど……体感では、結構な時間そのままで。

ふと我に返った俺が、ゆっくり離れた。

目の前の唯華は頰《ほお》をほんのり上気させており、なんだかポヤッとした表情だ。目がちょっと潤んでいるのは、俺とのキスが泣く程イヤだったから……というわけではなさそうなのが、せめてもの救いである。

離れた後も、俺たちはしばらくぼんやり見つめ合っていた。

それから、ふと。会場の大きな声が耳に入ってきて、今まで世界から音が消えていたことに気付く。この辺りで、俺の頭もようやく少しだけ冷静さを取り戻してきたようだ。

この『事故』の原因には、なんとなく見当が付いている。そちらに、そっと目をやると……一葉もまた、放心状態で固まっているようだった。

かと思えば、なぜか穏やかな……とても穏やかなアルカイックスマイルを浮かべて。

「腹を切ってお詫《わ》びします」

「切らんでいいっ！」

胸ポケットに差してあったボールペンを振り上げて自らの腹にぶっ刺そうとするので、慌ててその手を摑《つか》んで止めた。

「放してください兄さんかくなる上は死を以《もっ》て償うしかありません！　いえ死ぬ程度では生ぬるい！　コキュートスの奥底で我が魂が永劫《えいごう》の苦しみに苛《さいな》まれるよう閻魔《えんま》大王様に直《じか》談判《だんぱん》して参ります！」

「閻魔様も困惑するからやめなさい……！」

「てかワンリーフちゃん、ボールペンじゃ死ねなくない？」

「おぅ？　このワンリーフ、魂とボールペン一本で見事腹をかっさばいてみせますが？」

「別に煽ったつもりじゃなくて、今のは普通のツッコミだったんだけど……」

「てかとりあえずマイク切って！」

「あいあーい。はいオッケー」

「この私が……！　この私が、解釈違いを自ら……！　いえ、今はそんなことはどうでもいい……！　兄さんと義姉《ねえ》さんの大切な初めてを、このような形で……！　やはり、どう考えても最低でもとりあえず死ぬ必要はあります！」

「必要ないから落ち着いて一葉ちゃん！　ほら、どうせ『本番』ではするんだしっ？」

「そうそう、予行練習になって良かったくらいだ……！」

なんて、てんやわんやで一葉を宥《なだ》める間にも。

俺の唇には……ずっと、さっきの柔らかい感触が残っているのだった。

♥　♥　♥

「ホントそう、むしろ一葉ちゃんに感謝だよっ！」

秀くんに乗っかる体で。

一葉ちゃん……ホンッッッッッッッッッッットありがと～～～～！


「華音、煽《あお》らないの！」

と、私は本当にマジで心の底から一葉ちゃんに感謝していた。

ねぇ私、ホントに秀くんとキスしちゃったんだよね⁉　夢じゃないんだよね⁉

わっひゃぁ……！　一葉ちゃんを止めるのに必死じゃなかったら、頬が緩みっぱなしになってるトコだよぉ……！　そういう意味でもありがとう一葉ちゃん！

もしかして……これで秀くんも私のことをちょっとは意識してくれるようになったりとか、あるかもっ？　キスから始まる恋人関係、アリだと思いますっ！

なんて、煩悩全開で考えていても。

さっきのロマンチックな感触は……今もずっと、私の唇に残っているのだった。

エピローグ

文化祭の熱はまだ冷めやらず……だけど流石《さすが》にピークは過ぎ去って、校内全体がちょっとまったりした雰囲気に包まれている。今は、後夜祭の真っ最中。

はーっ。結局、『巨大なハート』だって自信を持って断言出来るようなのは見つけられなかったなー。それだけは、ちょっと残念だけど。

……でも。それ以上に嬉《うれ》しいことが、あったもんねっ♪

なんて、そっと唇に指を当てる私。

はぁっ、何度思い出しても心臓の高鳴りがヤバい……！

「そういえばさ」

「うん？」

秀《しゅう》くんが視線を向けてきたから、サッと手を離して何気ない調子で応じる。

あのキスの件について、あれから私たちは一言も触れていない。

それは、一葉《かずは》ちゃんが気にしちゃわないように……っていうのも、勿論《もちろん》あるけれど。

下手に触れてしまうと……何かが、変わってしまいそうだったから。

秀くんも同じ気持ちなのかは、わからないけれど。

「財前《ざいぜん》会長が、今年は試験的に文化祭中だけ屋上を開放するって言ってたろ？」

「あーっ、あったねそんな話っ」

少なくとも表面上、私たちは今までと何も変わらず接している。

「せっかくだし、ちょっと行ってみないか？」

「行く行くーっ！　わーっ、楽しみーっ！」

クラスの出し物の時間も終わり、私たちは文化祭実行委員としての仕事も全部完了済み。後はもう完全にフリーだった。

というわけで。

「オープーンっ」

ちょっとだけ重い屋上の扉を、グググッと開ける。今の時間は皆グラウンドのキャンプファイヤーの方に行ってるからか、屋上には誰もいなくて閑散としていた。

「へーっ、屋上ってこんな感じなんだーっ」

「当然っちゃ当然だけど、何もないな」

「あっ、こっからキャンプファイヤーがよく見えるーっ」

「おぉ、ホントだなー」

秀くんと一緒に、フェンス越しにグラウンドを見下ろす。キャンプファイヤーを囲んでフォークダンスを踊ってる皆も、とっても楽しそう。その中には瑛太《えいた》と踊る高橋《たかはし》さんや、華音《かのん》にちょっと振り回され気味の一葉ちゃんの姿なんかもあった。

「なんか……いいよな。こういうの」

「……ん」

秀くんと二人、目を細める。

楽しんでる皆の姿を見てると、こっちまで楽しくなってきて……それを二人っきりで眺めるっていう状況に、なんだかちょっと胸がくすぐったいような気分だった。

しばらく、そのまま無言の……心地良い時間を、二人で過ごしていると。

「……あれ？」

ふと視線を外した秀くんが、何かに気付いたような声を上げた。

「どうかした？」

「あっち、特別教室棟なんだけどさ」

「うん？　……あっ⁉」

秀くんの指差す方を見て、私は思わず目を見開く。後夜祭中は使われていないはずの特別教室棟だけど、いくつかの窓から光が漏れていて。それが……。

「たまたま、消し忘れが重なってああなったのかな？　ハート形に、なってるよな」

「うん……うん！　確かにハート！」

まさしく、『巨大なハート』を描いていたんだもん……！

流石に、これなら文句ナシでしょ！

「秀くん、やっぱり知ってたのっ？」

「知ってたって、何が……？」

と、不思議そうに首を捻《ひね》る秀くん。やっぱり、ジンクスについて知ってるわけじゃない
みたいだけど……知らずに見つけてくれたっていうなら、それってもう運命だよねっ！

「あのね、文化祭中に『巨大なハート』を手に入れたカップルは永遠に結ばれる、ってい
うジンクスがあるんだってっ」

「へぇ、そうなんだ？　なら……」

今度は何か思いついた表情で、秀くんは両手で丸を形作る。

それを、特別教室棟に向けて。

「手に、入れた……なんてな？」

ちょっとイタズラっぽい笑みを私に見せてくれる。

「あはっ、天才の発想じゃーん！」

その素晴らしい思いつきに乗っかって。

私も手で輪を作って……その中に、光のハートをすっぽりと収めた。

「私も、『手に入れた』っ！」

たまたま来た屋上でついに念願のハートをゲット出来ちゃうなんて……ホント、運命的じゃないっ？　ジンクス効果……あると、いいなっ。

「これで、私たち……永遠に、結ばれちゃったね？」

ニッと笑って見せると、秀くんはどこか照れくさそうに頬を掻《か》く。

「それは……ジンクスなんてなくても、元からそのつもりだったけど」

「っ！」

あぁもう、ホント秀くんったらさぁ……！

サラッとこういうことを言っちゃうんだからっ！

今でもすっごく好きなのに、もっともっと好きになっちゃうでしょーっ！

♠　♠　♠

俺は一つ、嘘《うそ》を吐《つ》いていた。

それは、元から永遠に結ばれるつもりだったという言葉……では、勿論ない。

それについては、本当に心から誓っていることだから。

無論、唯華《ゆいか》がこの関係を望んでくれている限りは……という注釈は付くけれど。

では、何が嘘なのか。

それは……唯華の前ではずっとジンクスについて知らないフリをしてたけど、俺は文化祭のジンクスについて当然知っている。

なぜなら、その噂を流したのは俺だから。

正確には、学園ＯＢである父さんから聞いたことのあるジンクス……いつしか途絶えていたその噂《うわさ》を、再度流布した形である。

始めたのは、文化祭実行委員が初めて集まったあの日のこと——


「失礼します、財前会長。ちょっとよろしいですか？　つかぬことを伺いますが……この学園に、文化祭にまつわるジンクスがあることはご存知《ぞんじ》でしょうか？」

「寡聞にして存じませんね……その手の噂には耳ざとい方だと思っていましたが」

「あった、というのが正確な表現ですけどね。十年程前に途絶えたようですが、『巨大なハートを手に入れたカップルは永遠に結ばれる』というジンクスが存在したそうです」

「なるほど？　それで、その話をなぜ私に？」

「これ、あった方が文化祭が盛り上がると思いませんか？」

「……ちなみに。そのハートとやらを見つけた人は、存在するのですか？」

「各世代ＯＢの方々にお話を伺ってみましたが、自信を持って『巨大』と言えるハートを見つけたという人についての証言は得られませんでした。そんなものは『存在しない』と結論付けるのが妥当でしょう。噂が廃れたのも、結局はそれが原因だと思います」

「それでは、意味が……ないとまでは言いませんが、流石に全くの虚言を流布するのに協力するわけには参りませんね」

「答えが存在しないなら、作ってしまえばいい」

「……ほう？」

「こういうのはどうです？　例えば文化祭期間だけ屋上を開放し、特別教室棟で――」


その後は、会長もノリノリで協力してくれたおかげで無事にジンクスの噂は学校中に広がってくれた。無論、特別教室棟の明かりがハート形を描いているのもたまたまじゃない。文化祭中に特別教室棟を使用していた文化部の皆さん……その部長方に、それぞれ『忘れず消灯してください』と『後夜祭中に実行委員で使用するので明かりは付けたままにしておいてください』って異なるお願いをした結果である。真の目的は明かさなかったけど、文化祭実行委員の肩書きのおかげで幸いにして怪しまれることもなかった。

あとは、頃合いを見て唯華を屋上に誘うだけ。

つまりは、全ては俺の自作自演である。ついでに言えば、俺がいないタイミングで唯華に聞こえるようジンクスの話をしてくれた二人も実家《ウチ》の関係者であり俺の仕込みだ。

――この件、本当に……文化祭を盛り上げるためだけに、わざわざ？

――……違います。財前会長を利用する形になってしまって、申し訳ないですけど。

――では、その真意は？

俺の行動に関して、財前会長はそう尋ねた。

――決まってるじゃないですか。

それに対して、俺はこう答えたんだ。

そう……こんな行動の目的なんて、一つしかないじゃないか。

――好きな子に、俺のハートを届けるためですよ。

とてもとても迂遠《うえん》でただの自己満足な、本人には届かない俺の告白。

まだ、直接この想《おも》いを伝える勇気はないけれど。

この状況に、さっきは事故とはいえキスまでしてしまって。

少しは、俺のこと……異性として意識してくれていたりはしないだろうか？

♥　♥　♥

ねぇ、秀くん。ジンクスの話もしてさ。実際に、ハートを手に入れて……この状況に、ちょっとは私のことを異性として意識してくれたりはしないのかなー？

ズルいよね、私ばっかりドキドキしちゃって。

……なんて考えていたところで、バン！　と屋上の扉が勢いよく開いて。

さっきまでとはまた別の意味で、ちょっと心臓が跳ねる。

「あっ、こんなとこにいたーっ」

振り返ると、華音が私たちを指差していた。

「二人でしっぽりもいいけどさ、フォークダンスに今日の主役がいないと締まらないでしょーっ！　ほら、行こ行こっ！」

と、駆け寄ってきた華音は私たちの腕を両手で抱いて引っ張る。

私と秀くんは、一瞬視線を交わし合って。

「まぁ、せっかくのお祭りだし？」

「今日なら、変に勘繰られるようなこともないだろうしな」

そんな、露骨な言い訳を並べるのだった。

♠　♠　♠

「ベストカップル、ごとーちゃーく！」

「いよいよ本日の主役のご参戦ですね」

華音ちゃんと財前会長の司会コンビが盛り上げると、ワッと周囲の生徒たちも沸く。

この空気の中で参加するのは、ちょっと……いや、だいぶ恥ずかしいな……。

「てか俺、よく考えたらフォークダンスって初めてだし踊り方ちゃんと覚えてないかも」

「それじゃ、私が教えてあげるね？　手取り足取りっ」

と、文字通りに唯華が俺の手を取った。

「いっちにー、いっちにーっ。左足出してー？　引いてー？　クルッと回ってー……交代！　は、今回はナシね」

「っと、っと、っと……こんな感じかな？」

唯華が見せてくれるのに合わせて、ステップを踏んでいく。

「そーそー、上手上手っ！　考えてみれば、社交ダンスやってるんだから余裕でしょ！」

「流石《さすが》に一緒には出来ないけどな……」

未《いま》だに、この距離で唯華と繋《つな》がっているというのは少し緊張するけれど。

勿論《もちろん》、表には出さない。

「それじゃ、ここからスピードアーップ！」

「そういうダンスじゃないだろ……⁉」

「そう言いながらも、ちゃんと付いてきてくれてるぅ！」

「どんどんスピード上げていくよな……⁉」

「まだまだいくよー！　更にダンスもアレンジだっ！」

「これもう、ほぼクイックステップとかの動き……！」

「はい、最後にポーズ……決めっ！」

「っとと……！」

「おぉっ、凄《すご》い拍手もらっちゃった……！」

「何に対する拍手なんだって話だけどな……」

なんて、ちょっと苦笑しつつも。

こんな風に自由なのが唯華らしくて……そんな唯華に振り回されるのが、俺らしくて。

なんとも俺たちらしい後夜祭だな、なんて思う俺なのだった。

♥　♥　♥

楽しかった文化祭も、もうすぐおしまい。

ちょっと寂しいけれど……。

忙しくもとってもやりがいのある準備期間を経て、当日は一緒に楽しく回って、ハートを探して、ベストカップルに選ばれちゃって……キスも、しちゃって。

そして、秀くんがハートを見つけてくれた。

私たちの関係性に、進展って……あった、のかな？

今もまだ、『親友』としか思われて……ない？

「後は、ゆっくろ踊ろ？」

「それが本来の姿だしな……」

「でもウチの学校、自由だよね。フォークダンス参加も任意、交代も任意で良いなんて」

「俺も、去年まではその辺りに助けられてたよ……」

「それに、さっきみたいなことしても怒られるどころか拍手くれるしっ」

「基本、皆ノリが良いよな」

「あっ、また華音が一葉ちゃんを物理的に振り回してるーっ。ウチの妹がごめんねー？」

「ははっ、まぁ一葉もあれで楽しそうだし」

「……ホントに？　なんかめちゃめちゃキレてない？」

「あはは……本心では楽しんでるはず。たぶん。きっと。楽しんでいると良いですね」

「あはは……おっ？　あっちでは会長さんが瑛太を誘ってる？　まさかあの二人……！」

「いや……財前会長のあの顔は、高橋さんとの関係を勘ぐってるやつだ」

「あはっ、確かにー」

ゆったり踊りながら、そんな何気ない会話を交わし……私は、目を細める。

「皆、楽しそうだね」

「文化祭だからな」

「うーん、それはちょっと違うなー」

「えっ……？」

今はまだ、夫婦であっても恋人ではなくて。

「私たちで作り上げた文化祭……でしょっ？」

「……あぁ、そうだな！」

まだまだ勇気の出ない、私たちの。

♠　♠　♠

「でも私、こうして皆でワイワイ踊るの夢だったんだー。また一つ、叶《かな》っちゃったっ」

「向こうでも、プロムとかあったんじゃないのか？」

「まーあったけど、私は不参加だったしー」

「へー、なんで？　好きそうなのに」

「だって、参加したら誰かと踊らないといけないでしょ？」

「踊りたかったんじゃないのか？」

「最初に踊りたい人は、遠くにいたから」

「……それは」

「…………………」

「自惚《うぬぼ》れても、いいんだよな？」

「……ん」

「……んんっ！　ほ、他にはどんな夢があるんだっ？」

「他にはねー、皆でワイワイＢＢＱ！　は、もう叶ったからー。修学旅行で皆で記念写真っ。ハロウィンには、また別のコスプレもしてみたいしー。年末年始には、二年参りもしてみたいなー。年が明けたら初詣で大吉引いてー。あっ、節分もしっかりやらないとねっ。向こうじゃやらなかったからっ。おっと、クリスマス抜かしちゃってたっ。サンタさんの格好もしたいし、サンタさんからプレゼントも貰《もら》いたいなーっ」

「ははっ、盛りだくさんだ」

「あとは……」

「あとは？」

「……好きな人と結ばれる、とか？」

「そ、か……」

「ふふっ、なんか変な顔ー」

「いや、まぁその、ゆーくんらしからぬ台詞《せりふ》だと思ってな」

「今の私は普通に乙女ですものー」

「だな……唯華の夢、全部叶うよう全力で協力するよ」

「ホントに？　全部？」

「あぁ……全部」

「じゃあ……協力、してもらっちゃおっかなっ」

少しずつ踏み出し始めた、俺たちの。

♠ ♥

♠ ♥

♠ ♥

「約束、したからねっ？」

新婚生活が、これからどう変化していくのか。

まだ、誰にもわからない。

あとがき

どうも、はむばねです。

まずは三巻でもお会い出来ましたことに、心よりの感謝を。

妹たちがリアルで顔を合わせたり、またまたニューフェイスも加わったりでますます賑《にぎ》やかさを増しております三巻。二巻より更に糖分もマシマシでお送りしておりますので、お楽しみいただけますと幸いでございます。

また、二巻の帯でご覧いただけたかと思いますが。本作のコミカライズ企画も進行中でございますので、そちらもお楽しみに。現段階ではまだこれ以上に言えることが何もなくて恐縮なのですが、私自身とても楽しみにしております。

二巻のあとがきでも書きましたが、三巻刊行もコミカライズも応援してくださっている皆様のおかげでございます。誠に、誠にありがとうございます。

ご恩に報いるべく、引き続き全力で書き続けて参ります。

と、またもや序盤から締めっぽい流れですが。今回はあとがきのページ数が少ないので、ぽいというか本当に締めです。というわけで、以下謝辞を。

イラストをご担当いただきました、Parum様。毎度素敵すぎるイラストを、誠にありがとうございます。新しいイラストを見せていただく度にめちゃめちゃテンションが上がってますし、何度も何度も見返しております。

担当S様、今回も様々なアドバイスをいただきありがとうございました。おかげさまで、自分だけでは出ないアイデアを色々と盛り込むことが出来ました。

以前より応援いただいております皆様にも、厚く御礼申し上げます。

お世話になった方全てのお名前を列挙するわけにも参らず恐縮ではございますが、本作の出版に携わっていただきました皆様、普段から支えてくださっている皆様、そして本作を手に取っていただきました皆様、全員に心よりの感謝を。

それでは、またお会いできることを切に願いつつ。

今回は、これにて失礼させていただきます。

はむばね

男子《だんし》だと思《おも》っていた幼馴染《おさななじみ》との新婚生活《しんこんせいかつ》がうまくいきすぎる件《けん》について3

著　はむばね

角川スニーカー文庫　23446

2022年12月1日　初版発行

発行者　山下直久

発　行　株式会社KADOKAWA
〒102-8177 東京都千代田区富士見2-13-3
電話　0570-002-301（ナビダイヤル）

印刷所　株式会社暁印刷
製本所　本間製本株式会社

Printed in Japan　ISBN 978-4-04-113201-2　C0193

★ご意見、ご感想をお送りください★

〒102-8177 東京都千代田区富士見 2-13-3
株式会社KADOKAWA　角川スニーカー文庫編集部気付
「はむばね」先生
「Parum」先生

角川文庫発刊に際して

角川源義

第二次世界大戦の敗北は、軍事力の敗北であった以上に、私たちの若い文化力の敗退であった。私たちの文化が戦争に対して如何に無力であり、単なるあだ花に過ぎなかったかを、私たちは身を以て体験し痛感した。西洋近代文化の摂取にとって、明治以後八十年の歳月は決して短かすぎたとは言えない。にもかかわらず、近代文化の伝統を確立し、自由な批判と柔軟な良識に富む文化層として自らを形成することに私たちは失敗して来た。そしてこれは、各層への文化の普及滲透を任務とする出版人の責任でもあった。

一九四五年以来、私たちは再び振出しに戻り、第一歩から踏み出すことを余儀なくされた。これは大きな不幸ではあるが、反面、これまでの混沌・未熟・歪曲の中にあった我が国の文化に秩序と確たる基礎を齎らすためには絶好の機会でもある。角川書店は、このような祖国の文化的危機にあたり、微力をも顧みず再建の礎石たるべき抱負と決意とをもって出発したが、ここに創立以来の念願を果すべく角川文庫を発刊する。これまで刊行されたあらゆる全集叢書文庫類の長所と短所とを検討し、古今東西の不朽の典籍を、良心的編集のもとに、廉価に、そして書架にふさわしい美本として、多くのひとびとに提供しようとする。しかし私たちは徒らに百科全書的な知識のジレッタントを作ることを目的とせず、あくまで祖国の文化に秩序と再建への道を示し、この文庫を角川書店の栄ある事業として、今後永久に継続発展せしめ、学芸と教養との殿堂として大成せんことを期したい。多くの読書子の愛情ある忠言と支持とによって、この希望と抱負とを完遂せしめられんことを願う。

一九四九年五月三日